科幻锐创意征文作品精选

放过世界

DON'T HURT THE WORLD

咸菜 等 著

北京理工大学出版社
BEIJING INSTITUTE OF TECHNOLOGY PRESS

图书在版编目（CIP）数据

放过世界 / 咸菜等著 . — 北京 ：北京理工大学出版社，2019.3
（虫）
ISBN 978-7-5682-6675-8

I. ①放… II. ①咸… III. ①科学幻想小说－小说集－中国－当代
IV. ① I247.7

中国版本图书馆 CIP 数据核字（2019）第 017008 号

出版发行 / 北京理工大学出版社有限责任公司
社　　　址 / 北京市海淀区中关村南大街 5 号
邮　　　编 / 100081
电　　　话 / （010）68914775（总编室）
　　　　　　（010）82562903（教材售后服务热线）
　　　　　　（010）68948351（其他图书服务热线）
网　　　址 / http://www.bitpress.com.cn
经　　　销 / 全国各地新华书店
印　　　刷 / 定州启航印刷有限公司
开　　　本 / 880 毫米 × 1230 毫米　1/32
印　　　张 / 8.5　　　　　　　　　　　　　　　责任编辑 / 刘永兵
字　　　数 / 170 千字　　　　　　　　　　　　文案编辑 / 刘永兵
版　　　次 / 2019 年 3 月第 1 版　2019 年 3 月第 1 次印刷　　责任校对 / 周瑞红
定　　　价 / 35.80 元　　　　　　　　　　　　责任印制 / 边心超

图书出现印装质量问题，请拨打售后服务热线，本社负责调换

目录

文 / 寒风 / **聊聊**

现在，驱使我工作的唯一动力就是赚钱。

但我就是对这份工作提不起劲——我从前以为记者是一个很好的职业，可以借着工作到处走走，更重要的是可以写自己喜欢的报道，甚至可以爆出猛料。

现在，谁敢给我搬出这套说辞，我会立马掐死他。

我只觉得身心俱疲。猛料绝不是那么好报的，要考虑的真是太多了！

大多数人更关心有没有人触碰到他们的利益，他们把大量时间消耗在那些毫无意义的娱乐八卦上。不过我似乎是前者：失去利益，我可没法混日子。有点钱对我而言一定是好事，这意味着我能过得稍微舒服点，而不必为一点小开销而纠结。

我真的很累了，我想摆脱这一切，避开、远离所有人和事——但我做不到。

我最大的爱好就是读些科幻小说，这能让我暂时远离我必须面对的一切，暂时割裂我受到的束缚。虽然只是暂时的，对我而言也很不错了。

我现在已经不明白我真正想要的是什么了。我觉得也没多少人能彻底说清楚。挨过这一段再说？我不知道我已经挨过多少段了。

我想停下来休息休息——经济上不允许；我想结束这一切——可我无力挣脱，是吧？

两天之后，会有一个大型记者招待会，主要面向国内，目的是"澄清一些事情，消除误解"，如果要出现在台上的是某个企业、机关之类的发言人，招待会一定会极其无聊，发言词必然毫无亮点，你甚至没听的必要，编就行，没人会去指出错误。

不过这次将要出现的发言人有足够的吸引力。

一个外星人，或者说"零头"舰群的最高舰长、星盟贸易代表——一个来自达尼帕星的跃行者（至少他是这样翻译自己的种族名的）：奈勒斯。

刚开始我以为这是个蠢玩笑，但是消息来源足够严肃可靠，我甚至在找人核实消息的时候清楚地感觉到了他们的恐惧。作为一名科幻爱好者，我自然而然地被派去见证这个过程——就我一个人。有些人明显有过重的顾虑，然后将之传染给了所有人。"黑暗森林"热还有点余温，自然有人以此说事。"黑暗森林"论的大概意思是说，你要是和外星人打交道，一见面就会打起来；外星人要是发现了你，一定会想方设法把你弄死或是躲着你；全宇宙就是一场单人吃鸡，而且全程有人跳伞，杀人只是为了排除威胁。有人将之奉若神谕，绝不容人质疑。我倒是觉得"黑暗森林"仅是一个较为极端的状态：如果一个文明眼里只有战争，其自身也没什么价值可言。我认识的许多人也对"黑暗森林"论持相对态度，毕竟科幻读多了以后，对于一些设定反而见怪不怪了。况且，现在这一情况也不适用——既然能开新闻发布会，至少他们已经和政府谈妥了，这会儿没理由动手，更别说在会上公开动手——杀记者找乐子？傻子才信。要是动手，早就死人了，没有任何等的理由。居然还有人给我胡扯"寄生"之类纯粹胡说八道的东西。靠寄生绝不可能发展到这个水平——就算是寄生，在闹市区或者机场也更方便。不过在正式答应之前，我还是编了点理由逼主编加钱——别人就是塞钱也不愿去，有人甚至做好了跑路的准备。

没多久，我拿到了关于外星人的简介，甚至还有星盟的信息，我对其真实性持保留意见：资料的一手来源一定是那个外星人，二手来源一定是相关部门，到我手里的少说也是第四手文件。这里的关键不仅仅是外星人隐瞒了多少，还包括我能知道多少、我拿到的东西被歪曲了多少——这些我无从而知。

他们依靠于星门（仅能通向其他星门）和虫洞发生器往来于星际间，他们将要为地球加入星盟和在地球同步轨道建设星门造势。

跃行者这一种族有着蓝紫色的皮肤，在下半身长着四条章鱼腕足似的有力的行肢。靠着行肢上的构造，他们可以倒贴在光滑表面上，也可以将其中的两条射出贴在某个表面上，再将他们迅速地拉过去。在狭小空间内，他们会将四条行肢并立起来，支撑起自己的躯体，通过行肢的末端缓慢移动。不过他们无法在破碎表面（例如沙漠、戈壁、土壤之类）或是流体表面活动——他们的行肢没法固定在其表面上拉动自己。他们在破碎表面行动只能借助步行机（你用轮式机爬楼／爬山试试？），不过我觉得尤达大师的悬浮椅可能更合适。

他们的上身与人类近似，值得一提的是手部（其实关于上身只给我看了这个）：无名指、小拇指位的手指从结构上更加朝外，无名指和中指约成九十度角。也就是说，如果他们单手执棒，他们会用大拇指、无名指、小拇指握紧木棒，并用食指、中指稳住木棒的朝向。虽然我没有确切数据（或者模型），但我猜某些关节的活动范围可能更大，而且体内不可能是用骨骼作为支撑——如果我像他们那样晃来晃去，我的骨头一定受不了。

跃行者的头部长着三只倒三角排列的眼睛——这很好理解，以他们的行动方式，三只眼睛能提供足够的三维视觉和定物能力。眼睛下面是嘴，再下是用于探测、分析空气中的信息素的信息须。信息须在进食时会缩入下巴。我没见有类似鼻子的呼吸构造。不过奈勒斯没有三只眼：他的右眼、下眼被一块宽条状植入物代替，表面是深黑色，应该经过了哑光处理（不反光），并且看不出哪是图像模块。左眼由一组集成模块构成，一眼看上去就是一堆组件，风格与右下眼大相径庭。显然，二者不是同一制造商，前者是简洁明快的卡吧风格，后者是东拼西凑出的图吧风格。

这副尊容简直比我还吓人，分明是对异族恐惧和机械恐惧的完美结合，他蜷曲着行肢驾驶步行机的样子更是将这种恐怖提升到了新的高度，看着就刺激，更别说参与他的新闻发布会了。

我不禁思索会场会有多空旷——没准我会拿到我的独家报道。

当然，白日梦与现实是反的。现场与会记者的数量大大超出了我的预期，各类媒体一应俱全。

负责方给我们所有人发了一份问卷，上面写着很多我曾经关心过的问题，例如："你对外星人／外星文明持何种态度？""你是否认为地球和外星文明之间会发生战争？发起战争的原因？""宜居的外星环境对你有多大吸引力？"诸如此类。最后一题极为格格不入："如待遇良好，你是否愿意在一条星际商船做上高风险工作？"我当然做出了肯定回答，我太想远离这一切了。

我在我的位置调试好设备——有点麻烦，毕竟我只是一个人。随着时间的流逝，会场愈加安静，所有人都在等待来访者的上场。

身穿一件长袍的奈勒斯驾驶着一台轻型步行机，缓缓从讲台的左侧走上台。他调整好位置，把双手相交放在腹前，庄重地说："各位记者朋友，大家上午好。"一股令人不自在的气氛升起来，迅速扩散。从我所在的中后排更能感受到这种趋势。这没办法，没人经历过这种场面。我感觉我的手有点抖，头皮发麻——见到外星来客不是什么小事，虽然我常阅读科幻小说，但这种事真正发生起来我还是不太适应。你知道我的意思吧？看一篇关于谋杀案的报道、看一部关于谋杀的电影与现场目击一场谋杀绝不是同一个感受。我现在就像是谋杀案的目击者。对于别人，我觉得可能还有恐惧的成分：看鬼片（对奈勒斯的简介）和遇见鬼绝不是同一个概念。有几个人离场了，绝不是因为内急。

奈勒斯倒是没把关注点放在这上面，继续开口道："很高兴我能以星盟贸易代表、'零头'舰群总舰长的身份来到地球，率先与中国建立关系。通过与相关部门的交流，我认识到我们之间有着光明的未来。我很高兴应相关部门之邀，在此做演讲。"我有点好奇怎么从"新闻发布会"变成"演讲"的，这来得太猝不及防，甚至很先入为主。我记得"新闻发布会"的消息都是暂时保密的。

"我名叫奈勒斯，是达尼帕星——也就是你们所说的开普勒-186f——种族跃行者中的一员。我们的文明加入星盟已有很长的历史，也是星盟贸易链中的重要一环（步行机投射出达尼帕星的一些景象，有个画面是跃行者靠行肢在交错的支架间穿行，还有一个画面是展示某种表面光滑、交错生长的物种），跃行者一直都是热爱和平交往的种族。

"不难看出，你们也是一个热爱和平的文明，这一点从你们没有对我动手就能看出来。出于同样的传统，我也没有对任何人动手。我们在两个文明之间，率先建起了文明交往的基础，我们将在和平的基础上，建立起更深的交往。我相信，整个星盟都会为你们的加入感到高兴。日后，一座星门将会在同步轨道上建起。借此，整个银河都能与地球进行贸易。这意味着，地球将会有更好的发展前景，所有人的生活，都可以变得更好。

"我相信，我带领我的舰群，穿越星门和虫洞来到这里是一个正确的选择。但是，根据我得到的消息来看，在我们到来很久之前，你们就对我们这些外来者有些误解。就不久之前所做的一次直接调查来看，这种误解广泛存在于很多人之中。"他从步行机的一侧抽出一沓纸——问卷，"从你们之前填写的问卷看来，有些人认为地球有可能受到外星人的攻击——那么，如果你们站在入侵者的角度，请给出对另一个文明发起攻击的原因。"

有一个人非常自信地站出来："那个文明的存在是一个潜在威胁。"

"嗯，好的。那我想问你，你平时在大街上是不是拿把枪见人就杀？或是拿把菜刀见人就往死里砍？"

"当然不是！"

"天呐（他的语气非常夸张），那些人对你而言可都是威胁！小偷可能会偷你东西，司机可能开车撞到你，别人甚至有可能踩你脚！你为什么不把他们杀光以绝后患？这绝不是你处世的方式！"

有人笑起来。

站起来的那人没能答话。

"坐吧，记得在你的敌人临死时告诉他们：'抱歉，你必须得死，因为你对我而言是个威胁。'不过，我见到的任何民族都不是这么和人打交道的。"

有人为奈勒斯鼓掌。

奈勒斯接着说："如果在刚才的假设之上，说得再冷血点，枪和子弹都是要钱的，就算是抢来的刀你也得磨。见人就杀这事稳赔不赚。我尤其不喜欢消耗子弹。如果把杀人用的子弹换成糖果，分发给你见到的每个人，他们会喜欢你的。就算对你有所顾虑，他们也绝不会因此而杀了你。如果他们很乐于接受你的糖果，你没准能和其中的某人谈一笔生意，或是成为朋友——这为你带来的物质或是精神上的收益绝对比拿枪杀人要好得多。即使日后生意谈崩了或是做不成朋友了，也没有谁必须死。"听起来有点像星际传销。

"现在，谁能给我别的原因？"

有一个人似乎觉得自己的下场能好些："他们有我们需要的资源。"

"好吧。请问你会在招聘会上为了招聘负责人口袋里的两千块钱杀了他或者在和别人谈生意时因为看上了他的通讯器而杀了他吗？而且搞不好你压根打不过他。"

"当然不会！"

"但实际就是这个情况，你只看到了蝇头小利，却为此付出了更高的代价——甚至有人为之死去。这代价没人能承受得起。还有人能给我别的原因吗？"

"我们需要殖民地。"

"这听起来就像你买房的时候要杀了房产中介抢房。我赌一条船，你的房贷还没还完，真不敢相信你这种人会抢别人的房子。还有别的原因吗？"

没人再站出来。

"看看这些古怪的、站不住脚的理由——该死的殖民主义辩护。我很纳闷，作为爱好和平的中国人，你们哪来的这些想法——别打断我，我们都知道是什么来头——让我对于'文明之间为什么不应该见面就打'做出解释。

"很多人有一种迫害妄想症，认为我们这些外星佬对你们有敌意或是威胁，这是一种非常幼稚的想法，更不能是开战的原因。任何文明都不应该因为这种缘由发动一场以'排除威胁'为目的的杀戮，这种没有切实利益的杀戮是无意义的，只是对自身军队和物资的无谓浪费。战争只是为达成某个目的而实行的有限度的暴力。只是因为自认为'有威胁'而发动战争绝对不是一个明智的选择。

"而为了将一颗星球转化为殖民地或者将一颗星球作为资源开发地而对原住民发动一场屠杀或是战争的想法更是疯狂。实际上，现在绝没有人会做出在地球殖民时代曾出现的那种事。改造行星所需要的技术、设备在很多文明那里都能低价购买、租用，这不是什么难事，找颗条件凑合的无主行星就行。当然，转化为赛博行者也不错，只不过会非常空虚。至于资源这种东西在银河间简直唾手可得，不需要有人为此付出生命。如果真的为此发动一场战争，你会发现即使你赢了，你失去的也远比能得到的多，更别提那些不幸之人失去的最宝贵的生命了。在我们这个时代，发动一场战争所耗费的东西远比你有可能得到的多。比起殖民地或是资源之类的东西，真正重要或者说有价值的是技术。

"每个文明都有自己的发展方式，对于技术都有自己的选择。有很多的'技术苗头'因生不逢时而不受重视甚至消失。这构成了科技缺失，有的技术苗头甚至从来没有出现过。这些缺失的部分，原本可能有极好的发展前景，对日后的很多技术应用有帮助，但这个文明不会知道。这些被放弃的技术若要被重新捡起来、成为科技树的一部分会极难——有很多替代品能够代替它的短期应用，使其前景不被看好。以你们地球为例，如果说伊隆·马斯克在重压下放弃了电动汽车，电动汽车根本不会发展到今天这个程度，燃油汽车也不会那么快就走向下坡。

"在银河间，但凡是略微成熟点的文明都多多少少有些拿得出手的特色技术与产品，我们这些商人就靠发现、倒手这些东西赚钱养家，这样大家都能得到自己想要的。对银河系的其他文明而言，你们的很多东西都有很大的需求空间，你们的文明有很大的发展潜力。

"我有必要提醒你们，封闭对任何人都没有好处。我保证，你们会得到公平的对待，如果你们不同意，日后可能不会有这样的机会。当然，原则上会为你们划定禁入区，但我不觉得你们会安于封闭。这就像小农经济虽然自给自足，但也受到了自然的限制和威胁。我们都想生活变得更好。我并不是在威胁你们，这对我而言只是是否开拓新航线的问题，大不了就当出来看看风景，我也不缺这点时间和能源。但如果你们过于固执，又恰好拥有一些可以应急的技术，有些种族不介意做一锤子买卖——当然，这是被逼的。

"在这个宇宙，我们需要彼此，我希望我们不是陌生人，至少是成为贸易上的伙伴——在生意上互相照顾，讨价还价之类也蛮有意思。我更喜欢成为朋友，在这个宇宙中，我们可以知道前方就是彼此，可以知道我们并不孤单，可以围在一起有说有笑，而不是望着星空，看遍所有星星，却找不到一个同盟，找不到一个可以让你低价搭船的人。生意不只是生意，我喜欢和一个异族商人轻轻松松谈完生意后，再一起休闲休闲，在穿过数十个光年后，还有人在等你，在遇到困难时，我们可以同舟共济，共渡难关。我是想联通你们，来促进彼此的发展。而一锤子买卖或奴隶化运作的手段和结果，我们大家都不会喜欢。那样的贸易是对整个文明创造力的抹杀，所得到的利益也远不如平等贸易，更带不来友谊，得到的只会是幸存者的仇恨与反抗。这只会让人耗费更多的精力，甚至拖住强制贸易的施行者。

"因此，我希望从中国开始，达成利于彼此的协定，然后再将合作推广到全世界。我还希望，我们彼此能相互认同，成为真正的朋友。我希望你们能真正成为银河系的一部分——我喜欢这里。

"谢谢各位，感谢你们之中没人拔枪。"他用一种非常不自然的姿势鞠了一躬。

整个会场响起了如雷的掌声。奈勒斯又鞠了一躬，在掌声中退下场。

我收拾完设备准备离开，一名工作人员拦住了我："你好，韩记者，有人想和你谈谈，请跟我来。"

听起来没有给我选择的余地。我只好跟着他，被他带到了一间办公室门口。

我走进办公室，办公室里只有坐在桌后的奈勒斯（也可能是站着？），桌前摆着一把看起来挺舒服的椅子，奈勒斯的步行机放在一边，似乎是为了让我更加放松。桌上还有一张纸，纸上的丑字我认识，是我的。

"你好，奈勒斯。"拿到材料的时候，我就记住了这个异族的名字。我总是很难忘掉我感兴趣的东西。

"中午好，韩枫。你看起来有点紧张，要不要喝点什么？"

"水就行，谢谢。"岂止是有点，对此前的我而言，是无法想象和一个外星佬一对一对话的。

奈勒斯叫来刚才带我进来的人，让他给我搞些水，接着说："坐吧，韩枫，我们可能要谈很长时间。"

"谢谢。"我顺从地坐下。

"这张问卷——你是完全遵照自己的意愿填写的吗？"

"当然——我没必要说谎。"

"非常好，我喜欢你的宇宙社会观。现在，我想知道你为什么愿意在一条星际商船上工作。我想听听你的理由。"

在他说话时，我一直看着他的脸。只有在面对面的时候，我才能看清楚他脸上的细节——这张脸棱角分明，即使没有肉眼，也能看出一种沉稳的气韵，让人放心，两块植入物周围都有一些褐黄色细纹，右眼周围的有些纹路甚至有点泛灰。

"我想改变我现在的处境，摆脱现有的七零八碎，做出改变，我相信一艘能到达这里的船不会太坏。我也相信，出去转转比留在地球有意思。"

"不错。但你都不了解我的船。"

"我相信一艘能到这里的船不会差。至少你作为船上的一员能如此生龙活虎，这艘船一定不会差。"

"猜得很对——事实上，我的船是银河系最大最快的商船，还有能力开启短期虫洞。综合而言，它是最好的，而且足够舒适。"说着，他把自己拉到步行机旁边，给出了船的投影。

看着就很好。

他接着说："它有重力场——分区调节，你的舱室会是标准1G，过道是零重力——出门要穿维生服——你附近的邻居所处重力场会和你相近，你会喜欢的。工作有时会在你的舱室，有时会在你可处的重力范围内的分区中——怎么样？"

"听起来不错，很诱人。"

"那当然，我在船上花了大价钱——另外，你要是想调节自己舱室的重力，我没意见。不过我们给你预设了 1.2G 的上限，我可不希望你把自己玩死。我给你配置了医疗机器人——地球人标准——你不说没别人知道。舱内设施会在你签订协议后改装，你也可以自己申请一些小改动，但最好在去地球的路上提——我不太喜欢找人顺路带东西。至于伙食，我保证你会喜欢的，不会引起不良反应，我们做过模拟实验。"天知道他拿什么做的。

"真是细致入微。"

"谢谢夸奖，毕竟——我们需要你。"

我想起一件重要的事："船上没谁动静特别大吧？"

"放心，船上动静最大的就是我——我也不喜欢那样的。所以说你基本同意了？"

"我觉得没什么是我不能接受的。"

他的语气再次严肃起来："在船上工作，危险随时会出现在你身边。看这两块植入物，一次是阿娄斯，热熔枪；一次是卡莫，爆能束。我活下来的唯一原因是我的类大脑结构不在头上，而在这。"他边说着边拍拍胸脯（我相信他是因为信任我才告诉我这些），"前一次是吃饭，之后我枪不离手；后一次是机器人，没法指望信息须。而我损失过三十二个人，他们全都是真正的好人，全都回不来了。小艾其死的时候连通用语都说不流利。我不想出现第三十三个人，我也同样不希望你死。我讨厌死亡。"

我没动摇："记者照样不安全，大家都一样，总有碰上危险的时候。"

"这么说，你同意了？"

"当然，但我得说好，我不会做任何出卖文明、出卖国家、出

15

卖集体的事，我更不会损害我们文明的利益，这是我全心全意为你工作的基础，否则没搞头。我知道你是个老油子，不然你活不到今天——你没准有下流手段，要么就是你太高尚，不然不会有人想杀你。我希望我、我所属的文明会处在真正的平等上，没人愿意低人一等。我不知道别人会不会为了利益而出卖一些人，但我不会，我有我的原则。你平等对待我所属的文明，你就会得到我的忠诚。我也知道我说了不算，但我知道我有把事情搞砸的能力，我甚至不知道你的话有多少可信。我清楚我不是你唯一的选择，你大可以找一个只为钱做事的人，明白？"

"那你会出卖自己的老板吗？合法生意，不会违反你们地球人的法律。"

"当然不，合法贸易不是坏事。"

"冲你这份劲，你被提前升职了，但你免不了要打杂一段时间以便尽快熟悉我们这个系统。"

"怎么可能？"

"你说我是个老油子，但我活到今天是因为我只让我真正信任的人得到真正的任用，我相信他们的气节和嘴。有人杀我是因为我坏了他们的非人道贸易，而我让他们的毒品只能烂在仓库里。和你一样，我也有我的准则，我不做让我恶心的事。日后你会知道，我的名声在银河系是最好的，没人比我更干净——我的船是军用级的，全银河系就这一艘商船能有这样的速度，因为他们对我够放心。连街头的流浪汉都会把最干净的一片地让给我坐，屁股底下垫着的都会是最新一天的报纸——如果有报纸的话——我的船是大，但所有人都乐意为我让路使我先停靠卸货，连警队也不例外。我用我的人格、我的所作所为为自己赢来了别人的尊敬和憎恶。所以，你只要做好自己的本职工作就好。没准你会成为银河系混得最好的地球人，只要你本分，我永远不会亏待你。而让你的文明的利益不受侵犯，让你的文明永不低人一等，那是我永远的职责。我有这个能力。所以，你放心了？"

"是，但我记得你说有发生强制贸易的可能？"

"我吓人的——谁搞这套，谁就是找死。银河系不会有地方让他立足。"

"我放心了。"

奈勒斯拿出用人协议。很快我们就谈拢了。

"为什么是中国？"我很想知道这个问题。

"你们够强，而且野心不强，还有够长的历史，我很好借题发挥。况且，你们的历史比欧洲干净。唯一的问题是被迫害妄想症，这个问题不大，只要说服你们，让你们相信'我们是一路人'就行了，毕竟大家都喜欢有利可图。没必要告诉他们我对银河系的理想，他们也不关心，说了也没用。另外，你们的政府控枪足够严格，不会有人突然拔枪，让我能够放心些。我不喜欢拔枪，更不喜欢死亡。你知道，死亡的威胁很难让人接受。"

　　"到底是什么推动银河系走向联合？我知道钱只是借口和工具，这不是真实动机。"

　　"因为规则是活到最后一刻，不是最后一个。"

文 / 王登博　/ **守护者**

　　守候，有时候就像天上的风筝，如果没有希望那根线连接着，就会失去所有的方向。

——题记

序曲

　　思念，无尽的思念……

　　在失重的状态下，身体明显感觉到了一些不适。但是我明白，与这种不适相比，更多的痛苦是源于人生中充溢着的各种复杂的情感：悲伤、失望、愧疚、自责……不断掺杂其中，把我折磨得已经不成人样。当然，这其中有一种最重要的东西就是：思念，无尽的思念……

　　扭过头，我看到舷窗外呈现着一副陌生的景象：一颗灰黑色的暗淡球体正漂浮在那里，遮蔽了半个窗口的视野。让人心痛的是，这颗曾经无比熟悉的星球，此时如同一颗正在浸入浓墨中的珠子，表面笼罩着一层乌黑色的面纱，早已看不到任何的生机，那惨白中的黑色，像极了一个即将走向生命尽头老妪的眼珠，正在慢慢散发着最后的光泽。

这是地球！这个人类曾经共同拥有的家园，这个宇宙中曾经有着独特淡蓝色的行星，这个曾经孕育着各种生命的摇篮！如今，却像一个病入膏肓的人，正在慢慢挣扎中死去，此时，我的内心深处有一种说不出的孤独和悲凉……

窗口的玻璃上，映照出一个老男人的模样。他有着斑白的双鬓，一层层的褶皱就像历尽沧桑的老树皮，已经爬满了尽是疲倦的脸庞，但在那双充满忧伤的眼神中，仍旧有一种亮光在闪烁着。

我仔细端详着他，很久才突然发现，这个陌生的面孔就是自己！二十一年零八个月，心中默念着这个数字，是啊，这相当于人生的四分之一，何况还是最好的那部分年华，往事一幕一幕，如同在荧屏上流转的时光。对那些我用手指数着度过的日子，在一个又一个孤独的深夜里，唯一让我记起的只有一个无声的别离，还有那个远去的背影。

我低下头，深情地摸了摸脖子上挂着的一把金色的钥匙。如今，自由了！再也没有什么理由能阻挡这颗奔向她的心。向着窗外，我轻轻地挥了挥手，对地球做了一个无声的告别，然后按下了休眠仓的启动按钮，一层乳白色的雾气开始涌出，眼前渐渐变得模糊，我的身体开始坠入永恒的黑夜……

一

大迁徙时代，我被选中成为"留守者"的一员。

这是一个艰难的时代，也是一个别离的时代！人类自从被迫踏出了离开地球的第一步，就注定将成为没有家的流浪者。没有人愿意经历这样的时代，可是它还是来了，就像每一个人都要面对死神的收割一样，没有选择，只有承受。

我倚靠在一棵早已枯萎的大树旁，静静地看着壮观的迁徙人流。他们从世界各地汇聚而来，就像无数条没有尽头的荒潮，深一脚浅一脚地朝着模糊难辨的远方奔流着。我无法看到人们脸上的表情，每个人的头部都已经戴上了厚重的防护罩——离开它们没有人可以在空气里再多存活一分钟。我想，很快这里剩下的就只有留守者了。

逆着人流，我开始往回走，身后留下一串孤独的脚印，很快被淹没在黑褐色的雾色之中。

我选择了守候，还要去完成一个任务！

这是一项艰难的任务。被选中的有六个人，我们每一个人都能感觉到身上沉甸甸的责任，对于能否完成任务，谁的心里都没有明确的答案，可是我们都义无反顾地选择留下来。也许，在我们的心中，还一直保存着一份没有泯灭的希望！

在留守的日子里，每当困惑的时候，我们都会望着外面越来越糟糕的迷雾一样的世界，不断陷入无尽的彷徨。我总是在心中一遍又一遍地叩问自己：如果再选择一次，你会怎么做？思绪时常会像孤魂野鬼一样游荡在深夜的寂静之中，可是最终回响的答案仍是"成为一名留守者"。

"唉……"我忍不住叹息一声，也许这就是冥冥之中注定的命运，也许这样的人生才有意义！在每个深夜来临的时候，我总是这样安慰着自己。

早在几个月前，地球上所有的人类已经开始陆续撤离。一批又一批冲入苍穹的移民飞船，从地面上看过去，就像无数在朦胧中不断盛开着绚丽火焰的烟花，它们在空中闪耀着一道又一道刺眼的火光，最后缓缓划过混浊的天空，消失在无尽的深空之中。

就这样，一批又一批人类成为没有家园的流浪者，每个人心中都带着一份无尽的悲伤，同时也怀揣着一份微薄的希望，踏上了寻找新家园的漫漫长途。

如今，在这片越来越陌生的世界上，除了留守者，就只剩下孤独和寂寞的荒野了。我想，也许过不了多久，我们也会选择踏上追逐这些飞船的后尘，不过现在我们必须去完成自己的任务，不管结果是好是坏，对我们来说都是一样的。

六个孤独的影子，在一片越来越陌生的世界里，相互搀扶着，踏过满是泥泞的道路，蹒跚地走向最后那座科研大楼。

二

最近，天空连续不断地下着黑雨，这种有着浓烈气味和极强腐蚀性的雨水，让我们刚刚开始的户外工作被迫停了下来。

闲下来的日子里，我趴在玻璃窗下，盯着远方，直到把眼睛盯出了眼泪，却怎么也看不穿外面被红色与黑色的浓雾包裹着的世界，孤独的情绪再次奔袭而来，我想起了妻子。

记得在最后一批迁徙飞船发射台下，她被笨重的呼吸面罩包裹着，望着我，早已泪流满面。

妻子辛红，天生有着白皙的皮肤、高瘦的个子，这让她在逃亡流浪的人群中格外显眼。那天，她特意穿着我们结婚时的那条鲜红亮丽的长裙，我曾说过，这是她最漂亮的一件衣服。

狂野的风中，红色长裙卷起了一层波浪，就像一朵盛开的血色玫瑰花，为这个灰暗单调的世界涂上一抹诗意，也成了一副别致的风景。当然让我印象最深的还是她已经开始微微隆起的腹部，我把手轻轻放在上面，似乎能够感觉到一阵跳动。

"放心吧，红，我会很快赶上你的。"我听到自己声音中流淌着一种空洞无力的虚弱。

"照顾好自己，还有……还有，我们的希望！"我再次拥抱了这个温暖的身体，吻了吻那个让我在以后无数的日子里难以忘记的面容。

红，始终没有说一句话。

她静静地望了我很久，一直等到眼泪干了，转过身慢慢汇入了拥挤的人潮，一个模糊的背影就这样消失在肆意弥漫的雾气之中。

我知道，她根本不相信刚才我说过的每一句话，那个连我自己都看不清楚的命运，如何让她去接受？

在巨大的轰鸣中，最后一艘迁徙飞船也飞远了，带走的还有我那颗支离破碎的心！

在空无一人的荒野中，我突然疯狂地奔跑起来，大声地呼唤着妻子的名字，最后精疲力竭地跪倒在地上，泪水竟然像猛然决堤的滔滔江水，模糊了我的双眼。

我的妻子，我的挚爱，请你原谅我吧！

三

接下来的日子，是冷清、悲苦和寂寞。

忍着离别的悲伤，我们六个"留守者"正式拉开了工作的序幕——改造地球！这是人类政府留给我们的最后任务，也是我们留下来的目的。其实我们是一个七人小组，核心成员是目前地球上环境领域最优秀的六位科学家，主要任务就是利用人类政府留下的资源，在有限的时间内，利用当前最先进的设备，通过制定、模拟和测试各种可行方案，对已经突破临界点的地球环境进行改造，或者说是逆转，让地球再次恢复到原初状态，或者最基本的目标至少是让地球再次回归适合人类居住的状态条件。

每个人心里都清楚：这项工作难度极高，而希望又是那么渺茫。我们这些曾经在环境领域引以为傲的佼佼者们，再也没有了自己的优越感，因为这次没有任何可供参考的资料，只有各种未知的谜底等待揭开。但是，志愿的"留守者"们还是都选择了留下来。作为一名生态环境学家，其实我心里最清楚，留下的不仅是几条生命，更重要的是我们可以用生命握住一颗人类希望的种子。

当然，人类政府也考虑到了最坏的结果。如果实验失败，人类政府留下的一名应急人员将做善后工作：假如我们在有限的时间内无法完成任务，他将带我们驾驶人类政府留下的最后一艘飞船，迅速撤离地球，踏上和其他人一样的流浪之路。

不过说实话，相对于"留守者"，其实我更喜欢"守护者"这个称谓。我一直认为我们这些"留守者"就像几个固执的孩子，守护在病入膏肓的母亲身边，想方设法去拯救她——我们不想成为一群没有母亲的孩子。

只要守护着，就有希望；只要有希望，就有未来。这是我留给自己的最后一点信心！

如今，在这颗孤独的星球上，只剩下我们几个渺小的身影。地球的空间虽然很大，可是整体的环境却变得越来越糟糕。现在，不光是呼吸，我们甚至已经不能让身体与外面的任何物质接触，这让我们越来越担忧，担忧我们的时间，担忧我们的地球。最后，我们只能把身体束缚在科研楼几间小小的智能实验室里，不停地忙碌着。

渐渐的，我们开始忘记了白天黑夜的变换，忘记了春夏秋冬的轮回，我们甚至已经忘记了自己的名字，忘记了自己的人生，我们只剩下一个共同的名字留在心中：守护者！

在一次次的失望和忙碌中，在一次次的迷茫和劳累中，我们从没有间断过手中的工作，任何可能的手段我们都要去尝试，只要有一丝希望存在，我们也许就能够拯救地球，拯救这个人类的家！

四

这期间，我们无数次地试验，也遭遇了无数次的失败！

我们在排除了所有能够想出来的方案后，把寻找的目标放在微生物上，这可能是能够与恶劣环境对抗的唯一希望，也是我们能够想到的最后方案。

我知道，在那名应急人员眼里，我们已经失败了！他已经着手准备飞船起飞前的各项检查工作，他兴高采烈地预计我们很快就要启航！

每天，我都会派出大量的智能机器人到户外去采集样品，寻找着那最后的一丝希望。可是，在外面肆虐的狂风、无止无尽的黑雨下，每一次取回来的样品都保持着灰烬一样的沉默。我已经在实验室沉默三个月了，不想和任何人说话，也没有这种必要。我想如果样品继续沉默下去，也许我很快会和它们一样，永远地沉默在这里。

然而，在"守护"地球的第二十一年，我们终于迎来了第一道曙光。

那是一个突如其来的好天气，狂风和黑雨终于暂时停歇了下来，吞噬地球的浓密雾霾也开始变得有些稀薄。

上午，我利用这难得的机会，迅速派出一台智能钻地机器人，它的任务就是钻进地壳的深处进行随机采样，一切进展出奇地顺利，样品也被迅速运送了回来。

在实验室的显微镜下，当我开始分析样品的时候，突然发现了一种古老的细菌。要知道，如今在已经彻底崩溃的地球环境中，根

27

本找不到任何有生命特征的生物，而智能机器人采集回来的古菌样本，在高倍显微镜下，却显示出有一种具有异常活跃特征的微生物存在。通过局域环境调整仪器，我进一步对它的特性进行了测试提取，在反复比对分析后发现，它具有一种无限的活力，即使是在外面最恶劣的环境条件下，它依然具有良好的自我繁殖能力，这让我充满了惊喜和惊奇。

我把它命名为"超级古菌"。我记得在生物学领域有一句很有意思的名言："如果将地球约46亿年的年龄比作一天的话，古菌早在凌晨5点多钟就出现了，而人类则是在深夜23点58分才诞生。"这从一个侧面可以看出，古菌可以算是地球上最古老的生命体之一。它的'古'，从某种意义上讲就是这类生物在地球上出现时间很早，对极端环境适应能力最强，而幸运的是这样的古菌最终还是被我发现了！

当我把这个消息告诉了其他守护者时，每一个人的脸上都露出了兴奋不已的表情，我能感觉到，成功近在咫尺。

这个36亿年前就出现在地球上的古菌，是一种结构非常简单的单细胞生物，但是它超强的生存能力让我赞叹不已。在高倍显微镜下，它奇特的体型就像一朵正在绽放的菊花。它伸展的花瓣部分，被一种类似脉管的东西支撑起来，它的里面不断流动着一种称为原生质的液体，正是这种液体为它在极端的环境中存活提供了可能。能够在这样恶劣的环境中生存，已经是一种不可思议的奇迹，何况它还是一个生机勃勃的生命体。在它的身上肯定隐藏着更多不知道的秘密，也许这就是那把我们寻找已久的开启希望大门的钥匙！

我们把休息的时间缩减到最短，夜以继日，开始研究这个超级细菌身上的所有秘密。

　　"古菌是一群具有独特的细胞结构和遗传信息处理系统的单细胞原核生物，其在细胞形态等方面与细菌类似，而其在基因组复制、转录与翻译等遗传信息传递系统方面却更接近真核生物。古菌的细胞膜结构又与地球上所有其他物种都不一样。而关键之处应该就在这个地方！"我立刻组织小组人员召开了一次集体会议，并建议把实验的重点放在这个古菌的独特机制上。

　　果然，在初步的测试中，我们发现它还有另外一种更特异的功能，那就是拥有超强的"记忆"能力。我们在它唯一的一条 DNA 链上检测出了异常丰富的遗传信息。这个不同寻常的基因序列里，具有一种神奇的自我记忆功能，就像一台微型超级"录音机"，竟然把地球上近 40 亿年间环境变迁的所有信息，全部刻录在它那条小小的 DNA 链上。

　　"神奇，真是神奇！一个小小的微生物，竟然容纳了一个如此恢宏的地球环境史，宇宙中总有一些东西超越了我们的想象。"看着它，我的心中有一团火焰慢慢燃烧了起来，仿佛看到了一扇通向光明的大门正在眼前徐徐打开。

　　其他几个守护者，也在陆续地揭开着更多的谜团：这种古菌具有特殊成分的细胞壁和细胞膜。古菌细胞壁中含有独特的假肽聚糖，细胞膜中含有独特的醚键及分枝脂链，这些特殊的细胞结构可以帮助它们抵抗来自极端环境的压力。同时古菌的 DNA 中还有一种逆转分子形式的特殊功能，它会产生一种新型的蛋白酶，可以对环境中的有害分子进行逆转，转化成新的分子形式后就可以再进行分解，从而让自己在当前的环境中成功地存活下去。

通过进一步的研究，我们可以确定这种逆转功能，是超级古菌的 DNA 链在综合了环境演变的基础上，通过基因变异进化出来的一种适应性功能。简单来说，古菌就像一台微型的环境逆转仪，它通过强大的基因记忆功能，把环境演变的过程进行了逆转，从而保持这个微生物体内环境的良性循环。

当我们根据这个机制在电脑上建立起标准模型，并成功通过生物技术的模拟后，大家欢呼雀跃！我知道，我们成功了！眼下，我们需要做的就是，如何把这种超级古菌的机制成功地复制下来，然后再制造出同样的环境逆转仪，我想，只要数量足够、时间充裕，地球这个大环境同样可以逆转，进而开始走向良性的循环。

那天，冒着生命的危险，我走出了科研大楼。

这是我成为守护者之后，第一次抬头望向天空！天空早已不是熟悉的天空，它已经浑浊得看不见任何东西，只有一层又一层浓厚的黑色云雾在不断翻滚奔腾。然而，就是在这道云雾笼罩之下的泥土中，我们找到了一条指引人类重返家园的路！

五

迎来了最后的曙光，我们自己却迷失了方向，不得不说这是一个天大的讽刺！

随着时间的推移，整个进程并不像计划的那样尽如人意，超级细菌的基因链虽然只有一条，但是它却拥有异常丰富的生物信息，而且它适应性地进化演变出了一种变异的方式，这让它有别于地球上原来储存着的所有 DNA 库，在比对基因信息后，我们必须对它进行新一轮的基因组测序，然后才能进行有效的解码，而解码基因的过程让整个工程的时间延长了三倍。进程变得更加缓慢。

我们越来越发现古菌就像一个微型的宇宙，虽然生存空间狭小，却隐藏着无穷无尽的秘密，而生的希望就镶嵌在其中。可是，缓慢的进程，在紧迫的时间中，不断消磨着我们重新燃烧起的信心与希望。

日子一天一天逝去，时光就像外面无情的毒雾一样侵蚀着我们的身体和意志。人类政府留给我们的物资，已经进入了红色的警戒点，最多还能再支撑一个月，而解码基因的工作还需要一些时日，我心里越来越清楚，也许根本就坚持不了那么久。

绝望，在守护者之间再次蔓延。

就在这个时候，守护者之间爆发了有史以来最大的一次争吵，六人小组中有四个人提议把剩余的工作全部交给 AI 来完成，然后所有人在物资耗尽前尽快撤离地球，而我和另外一名守护者坚决不同意这么做，我认为这样做太冒险。AI 在执行度上有着毋庸置疑的准确性，可是在解码基因后，还需要一个把程序进行再加工的过程，这中间我们谁都不知道会有什么变量，如果让没有丰富经验的 AI 去执行，可能会在最后一个环节功亏一篑，那我们为此进行的所有努力，都会付诸东流。

其实，我何尝不想早些离开这个孤苦的地方？我时刻在想念着红，在夜里，在梦里，在每个孤独的时刻里！我无数次想象着未曾见过面的孩子的模样，我无数次想马上放弃，陪伴在他们身边一起去流浪！

可是，我知道，流浪不是我们最好的归宿，更不应该让孩子们的一生都在流浪中度过，他们需要更好的生活，更好的未来！

就在那一天，与我站在一边的守护者外出的时候出了事。

他的呼吸设备出现了故障，不小心吸进了一口毒气，回来以后，整个肺部迅速被感染，然后就再也没有站起来！在最后的一段时间里，他一直躺在那座科研楼的急救舱里，生命在一分一秒的流逝，一个普通的午后，当我们还在忙碌的时候，他就无声无息地离开了我们，甚至连一句告别的话语都没有留下，只剩下一具冰冷的尸体在那里独自守望。

在一个荒芜的山丘，我们冒着黑雨侵蚀的危险，一起埋葬了自己的同伴。磅礴大雨如浓稠的墨汁，浇灌在我们的身上。透过呼吸罩的玻璃，我看到守护者们的眼睛里闪过的全是绝望！

在希望中绝望，在困境中疯狂，每一个人总是无法阻挡对死亡的恐惧。

就在那个黑雨弥漫的夜里，四名守护者决定选择放弃自己的信仰，他们挟持着那名应急人员，一声不响地坐上地球的最后一艘飞船，远走高飞，卷走的还有大部分的物资！

在发射台前，我呆呆地站立了很久。污浊的泥水，侵蚀着这里的每一块土地，只留下一个黑洞洞的深坑，在那独自悲伤。

我没有悲伤！直到这时候我才明白，究竟什么才是一名真正的守护者。

在无尽的黑暗之夜，我大声地告诉自己：守候，有时候就像天上的风筝，如果没有希望那根线连接着，就会失去所有的方向！

六

一个人的日子，内心反而安静下来。

在各种智能机器的帮助下，工作最终还是完成了！

六台环境逆转仪顺利地全部组装成功，它们的身体有二十层楼那么高，放在科研大楼的四周就像一座座矗立起来的小山。我坐上工程车，第一次穿行在它们中间，感觉自己渺小得就像一粒沙尘。不过这又有什么关系呢！我站在它们的中间，对着自己，也对着空无一人的世界，大声喊着："这些庞然大物就是由像沙尘一样的生物制造出来的！"

我能想象不久之后，它们就会被机械车运送到世界的各个角落，然后启动程序立即运作起来，这中间甚至不会发出一丁点的声音，但是我知道它们已经开始工作了，就像那些毫不起眼的超级古菌一样，在无声无形中会慢慢改变着地球的历史。

实验室的物资早已耗尽，我知道，留给我的时间不多了。

在暗无天日的地球表面，我穿上了一件厚厚的宇航服，向着最近的一台太空电梯走去，它将把我运到地球外面唯一一座还在运行着的空间站里，我选择那里作为终点站的落脚点。

作为一名守护者，我履行了自己的诺言，我要永远守护着这个孕育了各种生命的地方。

33

就要深眠了。我从脖子上解下那把金色的钥匙，那是我和妻子结婚的时候，她专门为我定做的。她说，钥匙代表着希望和守护，让我永远把它带在自己的身边。

抚摸着它，我似乎又看到了那张美丽而温柔的脸。我遥望着窗外的深空。我的爱人！我的孩子！如今你们在哪里？还在陌生的星空继续流浪吗？你们还在思念我吗？现在，就让它代替我，去远方寻找你们吧！

"砰"的一声，高压喷射轨道里，一个宇宙漂流瓶就像一颗划过天空的流星，以十分之一光速迅速远去。在漂流瓶中，那枚金色的钥匙正在星光辉映下闪烁着璀璨的光芒，中间的芯片里已经种下了守护者的全部信息，此刻它就是一枚带着希望的种子，开始漂泊在茫茫的宇宙中。

我知道，终有一天，地球流浪者们会发现它的踪迹，并用它去开启那条呼唤流浪的孩子们回家的路。

躺进休眠舱，我最后看了一眼地球，然后把手伸向了舱体边沿的那个按钮……

尾声

一个春暖花开的季节，太阳就要落山，柔和的光芒映照在一片无垠的草原上，让绿色反射出了更鲜亮的色彩，草原的中央一条蜿蜒曲折的河流如金色的丝带，泛着粼粼的波光，一对母女正在河边玩耍，看到女儿满头汗水，母亲用纤细的双手捧起一汪清澈的河水，送到女儿的嘴边。

"好甜！"

不远处，一位白发苍苍的老妇人，正拄着拐杖，倚靠在河边的一块方石上，颤巍巍地仰头望着蔚蓝色的天空。一群飞鸟正从高处振翅划过，她自言自语地念叨着：

"他一定喜欢这水的味道、天的颜色、鸟的声音……他一定喜欢……一定喜欢……"

一头银白色头发，修饰着一张岁月沧桑的脸，上面早已挂满了两行晶莹的泪珠。

小女孩停下来，满脸疑惑地问妈妈："外婆为什么哭了？"

"嗯，她啊，她在想一个人呢……"

"他去了很远的地方吗？"

"不，他就守在她的身边！"

"那为什么外婆还要哭？"

"也许……有些事情，等你长大了，就会明白了……"

夕阳的余晖下，一束橘红色的柔和光线，斜映在老妇人白皙的脖颈上，一把金色的钥匙，正在闪闪发光。

文 / 咸菜 / **大麻烦**

1

"在遥远的过去，人类科学家做过一个老鼠乌托邦的实验，在有限的空间里，给四只老鼠提供食物。"卫云七顿了顿，"你猜最后发生了什么？"

蓝眼珠正在操纵飞船着陆，这本算不上什么困难——在五个人一起干的情况下，可目前就只有蓝眼珠自己，正恨爸妈没有多给自己几双手呢，哪有闲工夫理卫云七。

"你猜嘛，你猜最后老鼠怎么了？"

"我猜它们都死到姥姥家去啦！"蓝眼珠没好气地说。

"你真聪明，老鼠们大量繁殖，最后为了争夺资源而相互残杀。"说完卫云七翻到下一屏，"再来给你猜个谜语……"

"听着，"蓝眼珠一边盯着摄像头调整飞船姿态一边说，"不想摔成肉馅的话，你赶紧去趟厕所。"

卫云七一愣："为什么？"

"我怕你吃饱了撑着，再说可以减轻飞船负担。"

"真的吗？"他来回摸着下巴又问。

"当然是！"蓝眼珠吼道，她这才看见预定着陆点那儿立着一块大石头，她不得不跑向驾驶台左侧，打开调整孔，喷射用来横移的氮气。终于，飞船顺利着陆了。一回头，见卫云七正跷着二郎腿喝茶。

"你怎么还不去厕所？"

"噢，我已经解决完回来了，你确定那真能减重？"

蓝眼珠沉着脸答："电脑会转动一级星型阀，秽物先被吸到排出室，然后一级星型阀闭，二级星型阀打开……"

"那太好了，"卫云七打断她，"我帮助你成功降落,还不快亲亲。"

蓝眼珠多么想换上高跟鞋踢他屁股啊，可惜只有标配的登陆靴，她换上后准备出舱。

"等一下，你现在出去太草率了吧，一颗陌生星球。"

"傻瓜，看清楚，"蓝眼珠指着屏幕，"艾斯伯格星，早已被标上易居行星的标签，先辈们打入地下的信标还在发信号。"说完她一扭头下了展开的旋梯。

"哇，果然好地方。"卫云七死皮赖脸地也跟下来，"有智慧生物吗？"

刚刚飞船降落的火焰吹散了雾气，这一大片区域显得很清晰，再往外就看不清什么东西了，为保险起见，蓝眼珠打算先不进行探索。"有没有智慧生物，信标会告诉我们的。"她说。

"咱俩快生小孩，争取以最快速度全面占领这颗星球。"

蓝眼珠止住想敲晕他的冲动，斜楞着眼说："你忘了刚才说的老鼠实验了？还是别自相残杀的好。"

"不可能。"卫云七笑道，"星球那么大。"

"地球也不小，可人类还不是把寻找别的易居星当作首要任务。"

"那怎么能一样呢？"卫云七说，"老鼠和人没法比。"

"怎么就不一样呢？"蓝眼珠顶上针了，"总有一天这颗星球也要满载。"

"那就再去下一个星球呗。"卫云七搔搔头说，"反正宇宙那么大。"

"那宇宙也塞满了呢？"

"哈哈，别说笑了，宇宙怎么可能塞满？"卫云七边说边返身回船，似乎是感觉自己也不能圆其说，又撂下一句，"人类总有办法的。"

但这问题像在蓝眼珠头脑里扎了根。宇宙要是满了呢？

2

　　艾斯伯格星的大气被无理地侵占，艾斯伯格人决定反击临近星系的都卡人。在都卡星上有亲戚的人都被严格限制出行，要求不得飞离艾斯伯格。尺尺尺正在通过秘密通路和都卡星上的男友包包包通话。

　　"嗨，宝贝。"包包包说，"我想死你了，你有没有想我？"尺尺尺说："我们要和你们打仗啦，你不担心吗？"

　　"担心什么？你我又不是兵，宇宙坍缩了还有个儿高的撑着，政府闹腾完了咱们照样过小日子。对了，你想生几窝崽子？"

　　尺尺尺笑几声："听说这回不一样，你们偷偷钻穿空间，吸取我们的大气使用，这已经是严重的侵略行为。"

　　"没事，"包包包说，"一万年前，我们都卡星的探险家已经进到光还未到达的宇宙黑暗中去了，相信五万年内能找到新的居所。"

　　"我们的探险家也是，"尺尺尺托着腮，嘟着嘴，挂着一副担忧的表情说，"可现有各星系的资源都很紧张，拿咱们两个的星系来说，战争就迫在眉睫，探险家们能在战争扩大前赶回来吗？"

　　"扩大？你别瞎操心了，你们星球的大气就算两家平分，也够使的，只是你们不乐意给别人罢了。"

　　"呸，"尺尺尺说，"你怎么知道够使，够使的话还去探险干什么？"

"你不懂了吧，那是一种精神、一种勇气，是人类得以繁衍的依凭。"

切，尺尺尺心里对此说法绝不苟同，不去寻找物质，你依个屁凭。对了，她想起来一个重要问题："你什么时候给咱们马上出生的孩子弄套房。"

"啥？隔着虚空包包包的惊讶清晰可辨，孩子？"

"我怀了你的孩子，两个月了。"

"哎呀，"包包包贼兮兮地向后看看说，"有人敲门，不能让他们发现我跟敌对星系谈话，先切断吧，下次再说，爱你。"

随着通路的断开，尺尺尺骂了句死鬼，看了看窗外数公里之遥的亿万年前形成的死火山。早就丧失活力的火山体孤零零地杵在大地上，有点凄凉。

3

剩余的光需要全部收集起来，他们决定放弃可见光宇宙。闯入黑暗的探险者们——确切地说是他们的后裔——终于有了回信，那是在艾斯伯格星陨落的十亿年后。璀璨的星海本来就已一个接一个黯淡下去，消耗速度以分钟计。现在，它们被直接打散成巨分子云，方便输送。

争夺战打响了。武器的火焰充塞着以亿亿光年为跨度的深渊，在任何一颗星球上抬头望，天空布满死亡的绚丽烟火。很多人一生都没有上过前线，却也切切实实感受到了战争带来的痛苦。每一个呱呱坠地的婴儿都要面对终身的饥饿和寒冷。

星辰轮转，征战不休；诸天杀伐，从西到东。山川没了，河流没了，打；家没了，亲人也没了，打。最后星辰停止运转，诸天还在无止无休地进攻、进攻。朋友，你要问我不睡觉吗？不睡觉。你要问我打到什么时候？我也不知道，我猜大约是到时间的尽头。

妈妈，天上的火光什么时候熄灭呢？

快了，孩子，爸爸去扑灭它们了。

能叫爸爸快点吗？它们照得我好痛。

好的，宝贝，你先睡吧。

睡不着啊妈妈，我好冷好饿，我不在就好了。能让我再回到你的肚子里吗？他们说每个小孩都是从妈妈肚子里来的。

不行的。

为什么？

因为我们都要活下去。

妈妈，人为什么要活下去呢？

等爸爸回来你问他吧。

妈妈，我知道了，我活着是为了等爸爸。

好孩子，现在让我拥你入怀，睡吧，睡吧。永远。

4

没有微尘，没有粒子，没有光，也没有黑暗。人就这样存在着，不知道自己多大，也不知道自己多小。早在几个亿万时间单位之前，空间就没了，人停止生长。但人想存在下去，于是开始吞噬时间。在吞噬时间的过程中，人发现了自己的源头，那是一种两腿两脚的平直生物，很难想象那种微不足道的东西日后会变成人。再往前追溯，原来一开始连那种平直生物也没有，只有更加微小的玩意儿，那么，是这种微不足道的小玩意儿最终侵占了所有吗？

时间的营养越来越匮乏，人一遍一遍地咀嚼。在一切之前又是什么呢？人闯进时间的长河，维持着生存，又寻找着答案。吃遍每一颗恒星、每一颗行星，又吃遍每一颗卫星、每一颗彗星。不断地吃，持续地吃，为了存在，人竭尽所能。

时间到头了，人产生一丝恐慌，怎么办呢。这时，人看到时间的发源地没有微尘，没有粒子，没有光，也没有黑暗，就连存在也没有。人明白了，于是开始消化自己，坍缩，再坍缩。

最终，又一个宇宙诞生了。

文 / 咸菜 / **放过世界**

阿伦进来的时候一切如同往常。

数据的洪流在昏暗空间里穿行，电机的声音好像来自远方的呢喃。好几年过去了，他还是时不时地感到不可思议，最简单的 0 和 1，却构建了地球诞生以来最复杂的网络，也很可能是宇宙诞生以来最复杂的。人类完全有理由为这项成就自豪，自豪到藐视上帝。想想看，狂风和暴雨都臣服在这群强大的算机之下，我们还有什么可害怕的呢？

杰利收拾完东西，重重拍了拍他的肩膀，头也不回地离开，通往外部世界的那扇小门砰然关闭，带起一股微风拂过几个绿荧荧的数据，而后，阿伦便被隔绝在这方空间内。

阿伦走向座椅。脚边，数据像潮水一样"扑打"过来，撞击在"岸"上，来势汹汹。他从来没有感觉到过自豪，即使他曾认为应该感觉到。取得维护和监视这群叹为观止的算机的资格的人屈指可数，这项工作本身就是一种荣誉。可来了以后呢？一种敬畏，一种叹服，一种纯粹的心折。六维显示技术使庞大的数据流得以以可视化的形态展现在空间中，面对着浩瀚的数据，阿伦深切体会到自己的渺小和微不足道，广袤星河里的尘埃大概就是如此，宇宙中可曾有另外的生物具有同样感受？

他也认识到这项工作的无趣。从某种意义上讲，算机比人聪明，自动运行的更正系统和防护措施多到令人咋舌。为什么还要安排人来看守？看来即使是人类终极的造物，也不如人类自己可靠。阿伦自嘲地想，他其实只是一名随时准备告发算机的"眼线"，受命潜伏在这里等待那或许永不会来临的"罪行"。

数据永不停歇地演绎着世界，有时它们像翻卷的云雾相互糅合，有时会鼓起巨大的泡沫又慢慢消失，还有时平静得像一片光滑的湖水。一切如同往常。

阿伦陷进座椅的靠背，拿起工具包，从里面提出个笼子。见到光亮，笼子里的小仓鼠吱吱地叫起来，阿伦知道它即害怕又紧张，他感到有些抱歉。女儿早就想要这样一件礼物，来上班的路上他正好碰见个小贩，顺手买了。这儿有规定不许闲杂人等入内，可没说闲杂"鼠"等。还不让抽烟呢！但他经常发现杰利落在桌子上的烟灰，也可能是洛基或者菲尔德的。阿伦想象着女儿见到小仓鼠时兴奋的表情，不禁抿嘴笑了。

他把笼子放回工具包，包的拉链拉上一半，好让些许微光透进包里，又拿起他那旅行专用的大背包，把午饭和晚饭一股脑拿出来摆到面前的六维显示柜上。一大保温杯番茄汤，一袋牛奶，三个三明治，两个热狗，两个苹果，三个熟鸡蛋。他现在并不想吃，他把旅行包往脑后一枕，准备继续早上未完成的美梦。在闭上眼睛之前，他又扭头做了一次扫视。

右边，大概百米开外，数据的海洋潮涌潮落，那是正常的。运算逐渐复杂，占用资源呈渐进式的叠加，就会有潮涌一般的表象，暂停时，资源释放，便会潮落。阿伦猜测那大概是算机在计算南方高空的风向，或许它正要把一片乌云引向最需要雨的地方。左边很近的位置凭空出现一个数据瘤，几缕数据的细条纠缠在一起，又慢慢解开——一场交通堵塞。三点钟方向，数潮中出现一个巨大的缺口，零星的 0、1 闪烁其中，但在不到一分钟的工夫里，空缺中心又生枝散叶，数据重新填补。竟会出现那么大的停电事故，线路老化还是人为短路？好在有算机，快速恢复如常。估计有电工将要被辞退。阿伦把目光收回。数据的荧光照在食物上，迷迷蒙蒙愈加让人昏昏欲睡。他将腿往面前的六维显示柜上一搭，闭上眼睛。

今天阿伦的梦算不上美，他梦见自己躺在一块玻璃板上辗转反侧，玻璃下面有什么东西在抓挠，嗤嗤、嗤嗤……他在烦躁中醒来。

六维显示柜的指示灯亮着，并无异常。海量的数据静静地起伏，仿佛虚空中的发光藻。空间被绿荧荧的光亮充斥，不十分明亮，也不十分黑暗。阿伦慢慢把腿放下来，他感到一丝不安，这是一种直觉。好几年了，面前数据的汪洋阿伦早就熟知它的秉性，就像面对一位老友，哪怕是难以察觉的极细微的改变，也会在潜意识里播下不和谐的种子。

他回头看看门，似乎想寻求帮助，但这是近千米的地底——世界的枢纽被安置在重重保护之下——他要一直等到明天早晨 8 点才会见到来接班的洛基。

阿伦站起来仔细观察。0、1的大海生机勃勃，在穿行，在涌动。天空和大地在里面，国家和社会在里面，生和死也在里面。这里是地球的中心。仿佛一切如常。

错觉吗？不，肯定有什么东西不对。到底是什么？嗞嗞，嗞嗞……在电机温存的细语声中，他捕捉到一丝异响。异响稍纵即逝，但在这永远不会改变的环境里显得异常明显，就像一根突兀的鱼刺。

阿伦头皮一紧，迅速提起工具包，拿出笼子——里面空空如也。

巨大的恐慌像阴霾一样压上心头。由于他的失误，世界是否会遭受重击？海啸，山崩，飓风，还是暴雪。他来不及多想，一步跨上旁边的平衡车，冲下岸去。

数据的大洋刹那间把他淹没，他没来由地感到一瞬的窒息。0和1撞上他的身体，隐没，又在身后出现，他像一只在海中孤独游弋的鱼儿。

五分钟后阿伦来到第一台分机。这台分机是由长宽各一米、高两米的五台更小的分机连接而成，呈五角形。他戴上过滤镜，飘浮的数据倏而不见，分机的每个细节都一览无余。他先仔细检查了露在外面的电缆，毕竟这是最重要的动力来源。没发现啃噬迹象。接下来他依次检查了数据线和散热孔板，确信没有问题。在起身去往下一台分机前他再次侧耳倾听。电机的响声经过降噪已经可以用温存形容。除此之外还有一种声响难以言明——虚空本身的声响——嗞嗞，咚咚，哗哗，都不是，又都是，不可形容，不可捉摸，但确实存在。人的情绪说变就变，早上的时候他还满心欢喜地给女儿买礼物，这会儿恐怖却悄然降临，阿伦想起了死亡。死亡就是那样空洞、神秘，却又实在。他首次在头脑中清晰了以下概念：这里是一片死物的空间。

嗞嗞……嗞嗞……异样的声音在脑中回响，阿伦几乎是惊恐地起步，不时回头看看身后。透过过滤镜，他看到活泼灵动的数据渐灭了踪迹，有的只是死寂的广场和硬邦邦的巨大机箱。人类就这样把世界的命运交给毫无生气的算机是不是有些草率？惊恐变成恐惧。世界是脆弱的，哪怕是一只小仓鼠都会对其构成巨大的威胁。

他横向右，到达另一台分机。这台分机比刚才看到的先进数年，是最新一批安装到位的。据说更加新颖的机型即将调试完毕，旧机型又会被淘汰一批。还有传闻说，在更加遥远的未来这些算计会整合为一，变成真正的"世界大脑"。但那都不重要，重要的是小仓鼠。在恒温二十二摄氏度的环境里，阿伦已是满头大汗。

这一台分机是一个四四方方的、黑漆漆的大柜子，几盏绿色的小灯在柜面上闪烁。它是天气控制系统中的一个节点，掌管着方圆一百万平方公里的平流层。任何故障都可能威胁臭氧的存在，从而导致难以估量的后果。他小心翼翼地将分机的侧盖卸下来。在他这些年的职业生涯中，这是第二次拆卸机箱盖，前一次是跟杰利、洛基和菲尔德清理灰尘。在极深的地下，灰尘照样堆积——虽然极其缓慢——那是地面、机箱、电缆、穹顶，甚至是阿伦自己等等一切实在物体掉落的碎屑，它们同数据一块浮空起舞，随遇而安。

没有发现啮齿动物的痕迹，薄薄的那层灰尘未曾碰过。

他上好机盖，开始在心里咒骂，咒骂那伙儿把世界完全交给算机的人。地表的人们能时常意识到生活是被一堆硅片和电路指挥着吗？他们知道现在他们正处于危险之中吗？阿伦脑子里闪现出飞机坠落、火车出轨、轮船上岸等无数灾难，而这些都将是他刚买的宠物造成的。

巨大的压力让阿伦喘不上气来，他张大嘴巴，使劲鼓着胸廓。

嗤嗤……嗤嗤……想象中动静好像越来越大，令人毛骨悚然。"谁！是谁！"阿伦喊，回声嘲弄地重复着他惊惶的口气，随后沉寂，没有掀起丝毫波澜。接着他意识到自己的愚蠢。这儿没有算机的允许，生人勿进。

他踮起脚尖。数万计的机箱分布在广阔的地底广场，它们的轮廓越远越模糊，直至消失在那道说不清道不明的晦涩光亮的边界之外。

逐个检查是项冗繁到让人头皮发麻的工作，况且小仓鼠是会跑的，谁知道它会不会又返转。算机中的某些部位不用啃噬，单单是接触就可能造成严重结果。阿伦如芒在背。必须第一时间得知硬件故障的方位，而那往往会从数据上有所预兆，一般来说，数据维度动作的错误就是了。

阿伦摘下过滤镜，顷刻间浩繁的数据再次吞没了他。他朝六维显示柜的方向望望，在浩如烟海的数据流后，显示柜若隐若现。它的"臂膀"嵌进岸崖环绕着整个广场，可以在空间中将数据显示在六个自由度上，这对专业人士来说既简便又直观，是应时而生的科技。

阿伦拿出了检测镜，戴上，打开，在数据海洋中穿行。检测镜会把不同类型的数据错误用不同的颜色呈现。

没过一分钟，他头上两米的地方，一段数据在检测镜里被用橙色和紫色交替标识，就像一条变色的带鱼跟随着永不停息的洋流翻滚。橙色表明错误出现在循环组令当中，而紫色说明数据的转义出现了问题。从检测镜标出的分机的位置来看，极可能是某个工厂自动线上出现了一次零件的误替换。不必仔细追究，那不是他要找的。那种错误算机很容易就能纠正，无须操心。

接下来阿伦陆续看到蓝色、黄色、橙蓝交替和棕蓝靛交替的数据错误，但它们都不是他要找的，那些只是算机监视下的世界的偏差。算机本身的物理故障只以高亮的红色表示，并会出现大量黄色的乱码，红黄交织的数据链可能会长达上千米，贯通0、1的大洋，将格外醒目。

他在数据的世界里漫无目的地穿梭，希望红色情况能尽快出现。无穷尽的0、1运动不休，它们永无息日，浸泡在里面容易产生虚浮的错觉。当阿伦有所察觉，回头看到那条数据之瀑时，脑后竖起的毫毛还未倒下，如此大规模的数据异动少之又少。"瀑布"倾泻而下，涉及范围大到清理出一片广阔的区域，目力所及的地域内的数据迅速消失，只有远处那蔚为壮观的"如瀑幕墙"。

阿伦确信自己的心跳停止了半拍，若果是因为他的麻痹大意而让世界出现那样大的混乱，他将永无宁日。

声响大作，令阿伦不知所措，在失措一两分钟后，他找到了声音的来源。

原来小仓鼠并没有跑远，面前六位显示柜的主体活像一台大冰柜，小仓鼠躲在柜底睡着了，睡梦中它仰过身来，爪子抓挠柜底，于是发出"嗤嗤"声。阿伦赶紧把它从柜底捧出。小仓鼠惊醒，惧怕地吱吱乱叫。

这一刻，阿伦心里五味杂陈。数据依旧不苟地演绎着寒来暑往、生死去留。一切如同往常。

"谢谢你，放过世界。"他说。

文 / 修川月 / **狗世界**

水蓝星，星纪17年5月19日，曙沁，29岁。"闹钟"准时在7点发生作用，智能床具发出特定频率的轻柔声波，将曙沁从睡梦中唤醒。此时，被丝绒被包裹的温暖，让曙沁内心不自觉地泛起如常的幸福感。起床走到窗前，丝制的窗帘自动拉开，窗户玻璃从深暗转为透明，和煦的阳光透过高大的落地窗照在曙沁脸上。窗外，遍布生长着树林的小区，在湛蓝的天空下，美丽静谧，树木的叶片仿佛都泛着蓝盈盈的光芒。小区叫作"蓝森林"，是位于申市中心却隔绝独立的高档住宅区。曙沁很庆幸，几个月前，通过朋友的关系，买到了这里二百平方米的大平层。虽说加价不少，但住在这里，才让曙沁真正拥有跻身中产的感觉。

曙沁，本科，某著名院校会计专业毕业，毕业后没工作多久就结婚了。生了果果之后，为了更好地照顾果果，曙沁便做了全职家庭主妇。曙沁的老公俊杰，是和曙沁同校计算机专业的学长，毕业后，加入某著名通信设备企业。刚开始做软件开发，经过多年的努力，现在已是部门主管，也算公司的中层领导了。俊杰的收入不错，加上年终奖金，有两百来万，曙沁能一直安心在家做全职太太，也是这个原因。

虽说收入不错，但考虑日常诸多开支，再加上不久前购入的这套"蓝森林"，曙沁觉得生活也变得并非十分宽裕。最近一年房价涨得很快，为了买这套房子，曙沁卖掉了靠近城市外围、早年购入的八十平方米的老房子，加上这几年的积蓄，凑了八百万首付，顶格贷款一千八百多万，才算最终搞定。这样算下来，每个月还房贷就要十万，可供支出的钱一下就少了一半，不能再像以前一样，动不动就买一二十万的包包了。曙沁心想：果果每年上幼儿园还要支出二十多万呢。不过，能够入住"蓝森林"，也算实现了人生梦想，其他的就暂时不用考虑那么多了吧。

在宽阔的开放式厨房里，曙沁一边哼唱着"Beautiful life"，一边做着火腿三明治和煎蛋。虽然设置家庭服务机器人进行早餐烹制会更方便快捷，又花样繁多，但今天是曙沁的生日，她想让今天更具有仪式感。早餐做好了，俊杰和果果也洗漱完毕，坐在宽大的餐桌旁。桌面是一整块电子屏幕，面对俊杰和果果的部分正在滚动播放着他们各自感兴趣的新闻。曙沁端上早餐，果果一看到，就不满地嘟囔着："妈妈！怎么又做火腿三明治和煎蛋啊？"曙沁笑了："因为妈妈只会做这个啊。"果果也笑了："哈哈！妈妈，那你别做了，我还是喜欢安妮塔（曙沁给家庭服务机器人起的名字）做的早餐。""快吃，等会儿上幼儿园别迟到了。"曙沁打断果果，接着转向俊杰，叮嘱道："老公，今天是特别的日子，记得早点回家，我可是准备了烛光晚餐和很多惊喜呢。"俊杰一边吃着早餐，一边微笑应着："嗯……嗯。"曙沁没有察觉，俊杰的笑容中隐藏着一丝略显僵硬的尴尬。

八点半，一家人吃完早餐，换好外出的着装，两台交通运输机器人已经从地库中驶出，在楼下待命了。一台送俊杰去公司上班，一台送曙沁和果果去幼儿园。送完果果，曙沁早晨的工作算是圆满结束了。接下来，曙沁和好友欣怡约好去商场逛逛，看当季新款的包包。昨天俊杰可是答应送给她当作今年的生日礼物。"目的地，Skyline shopping mall！"随着曙沁的语音落地，交通运输机器人重新起动，调整方向，向着天际飞驰而去。

Skyline 是明黄国最大的奢侈品牌购物中心，位于申市市中心的核心地段，汇聚了全水蓝星顶级的奢侈品牌，也是曙沁这一两年最爱逛的地方。不一会，Skyline 就到了，曙沁远远看见欣怡站在门口，一身当季时装周流行款，白色高领背心连衣裙，黑白配色的新款手包。Skyline，三个玻璃面以近乎不可能的弧度从三角形三边延伸至天际中一点，构成了 Skyline 的整个建筑结构。三面玻璃反映着蓝天白云，让 Skyline 成为蓝天白云的一部分，欣怡就好像那低矮处的一朵小云彩。曙沁下了车，一边挥手，一边快步走向欣怡，"不好意思啊，送果果，有点迟了，麻烦你久等。""没事，是我早到了，我们赶快进去吧，去看看你看中的那款包包。"欣怡笑着说道，走过来挽着曙沁的手臂，巴不得能快点进去。

曙沁最爱的品牌叫作 Ksana，即梵语"刹那"，是红蓝国顶级奢侈品牌。其设计独特，善于捕捉各种脆弱材质稍纵即逝的美感，成品往往只能使用一两次，在短暂的使用时间中绽放全部的美，如流星的绚烂，亦如韦陀花的芬芳。曙沁看中的是 Ksana 今年推出的限量款，名字叫"时光"，使用珍贵的时间晶体，通过复杂的雕琢程序制作而成。"时光"会随着时间的流逝改变自己的形态颜色和光泽，同时不断释放出封闭在晶体内部的各种独特香味。号称在"时光"短暂的二十四小时生命中，每一分钟的"时光"都是独一无二的。

　　曙沁和欣怡来到了 Ksana 的店面，整个店面就像一个巨大的黑匣子，匣中没有什么实物，只有 Ksana 各代经典款包包的全息影像飘浮于空中，动态展示它们各自的设计之美。服务机器人感应到了曙沁和欣怡的到来，非常恭敬地走到身边，询问道："请问有什么可以为你们服务？"曙沁说："我想试试'时光'，看看实际使用的效果如何。""好的，请您站到展示厅中间。"话音刚落，黑匣子中各种展示影像都消失不见，正中间出现了一个散发着奇异金属光泽的盒子。这是用来装载"时光"的盒子，只要将"时光"放入盒中，就可以让"时光"的各种变化暂停，就好像时间静止一样。当然，这里出现的只是通过光场增强现实技术制造的全息影像。只能使用一次的"时光"，即使奢华如 Ksana，也不会拿实物来让顾客试用。

　　曙沁走到展厅中间，轻轻打开金属盒子。出乎意料，盒子里面似乎什么也没有。突然，一粒闪耀的微尘从黑暗中仿佛无中生有般跳脱而出，然后快速扩张，各种奇异的光热物质飞溅开来，形成从那一粒微尘中生长出来的无数光刺，这就是模仿宇宙初生的"时光"

诞生。紧接着，"时光"开始快速变化形态，就仿佛宇宙中各种天体在渐次而生，星云，星系，恒星，行星，红巨星，白矮星，等等，让人眼花缭乱，很多已经远远超出了曙沁的认知范围，根本叫不出名字。天体之后，是各种自然景观——落日余晖、极光绚烂，再到生化反应、萤火之光、电离火花，直至微观尺度的粒子形态、电子微云。一段"时光"变化，让曙沁觉得自己仿佛拥有了整个宇宙。最后，"时光"再次从入微演化成星空，演化成镶嵌无数璀璨星辰的宇宙球体。星星们快速陨落了，坠向宇宙的中心，凝聚成一颗闪耀的微尘。"啪"的一声，"时光"消逝了，在黑暗中。

　　虽然早有预期，但亲眼看见将二十四小时加速播放的"时光"一生，曙沁和欣怡还是震撼到不行。之后，根据服务机器人的提示，展示厅变换了几个模拟现实的场景：时装秀场、慈善酒会、影视颁奖礼，等等，还贴心地在每个场景都为曙沁身上投射了配合场景的奢华礼服，让曙沁真实地体验了一下身挎日月、手握星辰，成为瞩目明星的感觉。这一刻，曙沁觉得人生圆满了，即使要花掉一百万，才能拥有这样一次"时光"。

　　曙沁非常庆幸自己嫁了一个好老公，人生赢家也不过如此。刷脸支付后，真实的"时光"会由物流机器人送至"蓝森林"。曙沁计划在今年俊杰公司的年会上让"时光"绽放，也给老公长长脸。"说不定，俊杰今年还要升职加薪呢。"曙沁暗自为自己的主意窃喜。看着一脸沉醉自得的曙沁，欣怡不无羡慕地说："就是你老公有本事，又对你好，舍得为你买这么贵的包包。但也别光顾着乐了，下午我们太太团还要去你家帮你庆祝生日呢。""是哦，瞧我差点把正事都忘了。那我们赶紧回家，先吃点东西，安妮塔应该都准备好了。"现在，基本上所有的菜式，服务机器人都能很好地完成，即使有新的菜式发明出来，在线购买更新一下菜谱，也可以很容易在家吃到。在传统的菜馆吃饭已经是多年以前的记忆了。

正当曙沁和欣怡准备离开的时候，曙沁突然接到了一个陌生的电话。拿起挂在胸前如项链般的透明手机，屏幕上的信息显示，电话来自俊杰公司的相关人员。"可能有什么急事吧，公司很罕见地会在这个时候打电话给自己。"曙沁想着，很快就接通了电话。一个陌生女性面孔通过手机投影出现在曙沁面前，万分焦急地说道："曙沁女士，我是俊杰先生公司的同事。很抱歉通知你，俊杰先生今天中午突然从公司高层坠落，现在已被紧急送往申市中心医院。希望你能尽快赶去。"这个消息对曙沁来说，宛如晴天霹雳。刚才的喜悦已经荡然无存，曙沁仿佛一瞬间从云端跌落地狱，浑身冰凉。"好……好的。"仍然难以置信的曙沁勉强挤出了两个字。电话挂断了，濒临崩溃的曙沁差点瘫倒在地上，还好欣怡扶住了她。"什么都别说了，赶快去医院吧。太太团那边，我帮你搞定。""也只能这样了，你跟她们说明一下情况，到时候有什么事电话联系。"崩溃不能解决问题，勉强打起精神的曙沁乘上交通机器人，命令机器人向市中心医院驶去。

市中心医院并不算大，建筑面积两万平方米，包括门诊、住院等不多的几幢主体建筑。自从人工智能用于医疗诊断和治疗，医生这个职业的从业人员也急剧减少，大部分都被医疗机器人所替代。医疗机器人准确掌握了迄今为止的海量病例，更是拥有超越人类的手术能力，可以在两三厘米见方的人体空间内，进行如绣花般的精细操作。同时，医疗机器人的误诊和事故率无限接近于零。在机器面前，人类没有优势。

　　到了中心医院，在门诊大厅，通过导医机器人的帮助，曙沁确认了俊杰所在的急诊手术室。手术室门口，焦急等待的有俊杰的父母，还有俊杰的同事。手术室里，俊杰躺在透明的茧状无菌舱内，舱内紧贴着舱壁有三个环形的手术机器人，在俊杰首脚的方向来回移动，每个环内都有数个精密机械手臂，正针对俊杰身体不同部位的损伤，进行紧急修复。看到曙沁赶到，俊杰的同事向曙沁大致说明了情况。最近一年，人工智能自主编程技术已经非常成熟，使用人工智能进行软件开发的效率和成本，相较传统的方式有很大提升。公司进行了一年的试运行，效果非常好，甚至远超预期。遗憾的是，俊杰部门的工作内容就是被替代的目标。今天，HR 找俊杰谈话，希望俊杰能够主动离职。不离职，基本不太可能，公司总能找到理由，不行年中测评打个低分也会被末位淘汰。当公司开始使用这项技术的时候，就意味着俊杰所掌握的技能势必被淘汰。即使在别的公司，想要找到类似的工作，可能性也非常小。时代的车轮在飞速前进，必须拼尽全力去抓住，不然就会被无情地甩开。这次，俊杰就是被时代车轮所甩开的那千万人中的一个。也许是过于突然，剧变的冲击让俊杰一时无法接受，才会选择以这样惨烈的方式来应对。

"对了，俊杰留了一封信给你，你看看吧。"曙沁接过信，拆开来只有一页寥寥数语。"曙沁，对不起。我拼尽全力，还是没能给你想要的生活。"眼泪不受控制地涌出，这么多年，自己所有的成就不过是嫁给了俊杰。是不是自己过多的要求给了俊杰太大的压力，才会造成今天的局面。如果不是自己，一定要住进"蓝森林"，想要跻身中产阶级，俊杰是否就不会无法面对失业的压力，就不会选择跳楼。一家人是不是还可以像刚毕业时那样，过着简单快乐的生活。

可是生活并没有那么多如果，时间也并不能回到过去。回不去了。俊杰死了。虽然身体器官的损伤可以修复，但是大脑的损伤太严重。今天的技术已经近乎解开人类智能的奥秘，灵魂类似运行在大脑组织结构上的某种算法，就好像运行在大脑这个生物硬件上的软件代码。一旦大脑损伤严重，灵魂便会逝去，即使修复了大脑的硬件，在没有备份的情况下，软件也会彻底损坏。因此，此时一个叫俊杰的灵魂消散了。曙沁梦想的美好生活也随之结束。29岁生日的今天，成为曙沁人生的转折点。那些自我营造的中产之梦，原以为已经成真，并会永远继续下去。但让曙沁没想到的是，梦建立的基础如此脆弱。转眼之间，一个生命消殒，而她也一无所有了。

很快，一个服务机器人把死亡确认书送到了曙沁面前。确认书并没有什么特别的内容，自体细胞器官培植已经让遗体捐献变得没有意义。签署的目的只是同意尽快处理遗体，在医院就可以通过处理装置，将遗体凝聚成一颗钻石，用来怀念和陪伴。曙沁按下了手指，通过电子平板的指纹识别为确认书盖上了章。曙沁也想逃避，可是曙沁的身后再无他人。果果现在只有妈妈了。之后，曙沁定好了明天葬礼的礼堂。不管后续还有多少麻烦，至少先为俊杰做好人生这最后一件事。

5月20日，葬礼从凌晨开始。礼堂有着纯白的穹顶，形如一个扣在地面的巨大半球。纯白穹顶内部，内置了类似Ksana展示厅的造景仪，只不过更大一些，可以模拟各种现实的自然场景。曙沁从云端数据流中提取了有关俊杰的生活场景，导入造景仪。整个葬礼的过程，造景仪重现着一段段过往，场景不断变换，俊杰再次出现在曙沁身边，和曙沁一起吃饭、聊天、看星星，一起牵手走在不同城市的大街小巷。礼堂的中间，绽放着俊杰买给曙沁的"时光"，就好像整个宇宙都陪伴着他们。"时光"一经售出，不可转让。既然以后再没有使用的场合，不如让"时光"绽放在俊杰的葬礼上，作为对俊杰的送别。二十四小时，曙沁重温了和俊杰的幸福时光，绚烂的"时光"从绽放到消失，所有的美好也随之结束。最后的一幕，在墓园的草地上，一道光柱从天空泻落，俊杰向曙沁挥手告别，在光柱中向天空飘去，直到不见。

5月21日，告别了俊杰，告别了中产生活，接下来，曙沁必须开始独自面对生活的艰辛。每个月房贷十万，生活费用，各种机器人的维护费用，加上果果幼儿园的学费，就是俊杰还在的时候，也并非十分宽裕。现在，光靠政府每个月微薄的抚恤金和俊杰公司一次性补偿款，估计连一年都支撑不下去。"蓝森林"得卖掉，曙沁也必须想方设法找个工作。然而，"蓝森林"并不好卖。当时买的时候，房市火爆，买家很多，为了确保能够买到，曙沁还加价了百分之十。让曙沁没想到的是，才过了几个月，房市就像曙沁的生活一样，急转直下。短短时间，"蓝森林"小区的出售均价就跌了百分之十。这样算算，之前首付的百分之三十购房款，现在马上卖掉，也只剩三分之一了。更何况，现在这样的售价，还无人问津。

比起房子，更让曙沁着急的是，如何尽快找到一份工作。伴随人工智能技术的发展，很多传统的工作都已经被各式机器人所替代。衣服是机器人制造，食物是机器人生产，房子是机器人修建，交通运输更是最早被机器人颠覆的领域。几乎所有的产品都是机器生产的，通信、金融、法律、医疗、教育、商业服务等也基本实现由机器人提供。现在只有和创意相关的领域，还活跃着人类的身影。科研、文学、绘画、音乐、影视、游戏、设计，这些和人类自身认知以及情感体验相关的抽象产品，难以具象化，并非机器智能所能完成，这也是目前科技对于人类智能奥秘所缺失的那一块拼图。可是这些都并非曙沁所擅长，即使是毕业后一直做会计工作，现在也估计和俊杰一样，是被淘汰的后果。实际上，会计工作早些年就已经被替代。

曙沁之前买了不少奢侈品，做奢侈品设计似乎是个不错的选择。但仔细想想，欣赏一下还可以，真要熟悉各种珍稀材料的特性进行设计，曙沁自认为还没有那个能力。或者，开个自媒体，分析点评品牌的最新产品。可是现在的产品科技含量也是日益提升，很多相关信息曙沁别说没听过了，看都看不懂。比如 "时光"的设计就涉及时间晶体的时变性控制，以及各种发光材料的封装技术。不行，只能去第三空间找找工作机会了。第三空间，是属于低收入人群的世界。北京的第三空间和别的空间折叠在不同的时间段，申市的第三空间则分布在申市周围，通过"胶囊高铁"和申市连接。那里，用不起机器人服务，很多需求仍然需要通过人力的方式提供。但也因为如此，第三空间收入水平比较低。即使找到工作，收入能不能够支撑果果的教育费用也是问题。还是先找太太团的朋友想想办法吧。

过了一个多月，房价又跌了百分之十，多年积蓄的财富就这样没了。曙沁干脆不还贷款，让银行系统收回了房子。自己和果果则租住在一套市郊的小房子里，这样每个月的支出能少不少。然而最让曙沁头疼的是，工作依然没有头绪。太太团的人都是养尊处优惯了，有些甚至也面临老公失业的问题，在找工作这件事上确实帮不上什么忙。这一切让曙沁差点开始怀疑人生。为什么人生的转折会这么突然，而且如此艰难，似乎非要逼迫自己到走投无路的地步。如果不是想到果果，自己也真想像俊杰一样，一了百了。

想到俊杰，曙沁突然想起，俊杰葬礼的时候，之前经济系的学长来送别俊杰，临走的时候，学长和曙沁说过，如果有什么困难，可以去找他。学长叫丁勉，在学校的时候还追过曙沁。当时，曙沁觉得学计算机的就业前景更好，学经济能找到什么好工作？没想到，现在丁勉已经是国家经济政策决策委员会的成员。想到这，曙沁马上拨通了学长的电话，声泪俱下地述说了自己目前的状况和处境。丁勉简单安慰了曙沁几句，并约好周末见面再好好聊聊。通完电话，曙沁仍然忐忑不安，但也没有更多的办法，只能期待学长能够帮助自己了。

　　周末，见面的地点是 Transient 冰激凌店。专用的交通机器人服务已经取消，曙沁只能租用公用交通机器人前往。从郊区前往市区有点远，等曙沁到达的时候，丁勉已经在等她了。丁勉点好了曙沁在学生时代就喜欢的彩虹冰激凌。曙沁一坐下，服务机器人就自动送过来了。"学长，你还记得呢？"曙沁笑道。"是啊。虽然世界变了很多，但有些东西还是不会改变。"丁勉也笑着说。曙沁尝了一口："嗯，确实还是和之前一样甜美。可是人生为什么会如此多变、如此艰难、如此不公平？""正因为亲身经历了这些变化，所以你会觉得命运特别不公。然而，这不过是时代变化的结果，你只是刚好成为千万承受变化者中的一员。"丁勉停了停，继续说道："其实世界本来就是不公平的，每个人天生的素质和所能掌握的资源都存在巨大的差异。科技的发展不过是改变着这种差异的比率。科技发展带来了新的需求，人们会通过创造企业来满足这些需求。大部分企业会失败，这样通过风险投资投到这些企业的财富，就从富有阶层转移到了企业的员工以及广大的消费者。少数企业会成功，富有阶层的投入会有所回报，同时也创造了新的富有阶层。这样就形成了平衡整个社会不同阶层财富的机制。"曙沁似懂非懂，不禁问道："既然有这样的机制，为何还会发生财富分配的极端不平衡？"丁勉点点头，解释道："是的，虽然有这样的机制，但不可能做到绝对均衡。而且这个机制存在一些问题。首先是成功率的问题。如果成功率很高，虽然一部分财富会通过企业转移给企业员工和消费者，也创造了新富阶层，但大部分回报仍然属于初期投入的富有阶层，财富反而会聚集到富有阶层，加剧贫富阶层的分化。其二则是投资机会的问题。财富不仅可以流向企业创造，也可以流向资产炒作。由于疏于监管，最近几年，很多财富流向了房地产炒作。房地产炒作和创造企业不同，比较简单，确定性也高，可以通过信贷放大杠杆，借助普通民众的财富来炒高房产价格，掠夺民众的积蓄甚至是未来的收入，极大地加速了贫富阶层的分化。你购买'蓝森林'的经历，就是最好的例子。"曙沁回想起来，确实如此。不光多年的积蓄消耗在了房产价格的疯狂上涨中，如果不是俊杰去世，未来多年的收入也要消耗在其中。"最后，企业创造要能够提供足够多的工作机会，让众多员工参与其中以分享企业创造过程中的财富分配。然而，随着人工智能的发展，员工的价值被机器取代，通过企业成长获取财富分配的机会也失去了。同时，人工智能作为一种新的资本，极大地提高了创造企业的门槛，导致新富阶层的创造也极大减少。企业创造也开始变得像房地产投机一样，加速贫富分化。俊杰失业，不过是这一过程的必然结果。中产失业，需求减少，也加剧了资产泡沫的破灭。多重因素叠加，便造成了你今天的处境，濒临成为低收入人群。"曙沁越听越焦虑，"那有没有什么解决办法呢？""帮你一个人解决问题并不难。但说到解决办法，这是整个社会的问题，一是之前疏于对投机的监管，二是对科技发展的负面影响并没有足够的政策准备。现在，需求急剧衰减，资产泡沫破灭，整个经济都面临崩溃，确实不得不推出一些补救的方法，只不过需要一些时间。

具体是什么方法，这里我先卖个关子，不过很快，你就会了解大概是什么情况。"既然学长这样说，又答应帮忙，曙沁虽然内心仍然忐忑，也只能先等等再说。

过了几天，曙沁果然接到了政府部门的电话，通知曙沁成为政府最新政策项目的扶持对象。具体项目说明已经发到曙沁的电子邮箱，根据相关提示进行操作即可。曙沁迫不及待在电子邮箱里找到邮件，马上点开读了起来。

曙沁女士：

　　你好！

　　非常高兴通知你，通过对你家庭财富及收入水平的评估，你已达到经济再平衡项目的要求，成为项目的扶持对象。该项目针对家庭财富和年收入水平在特定标准的公民而设立，主要是通过协助政府培养电子生物，并返售给政府的方式，帮助扶持对象获得一定数额的额外收入。

　　项目具体细节如下：

　　每个符合标准的家庭有权获得电子生物一只。该电子生物通过区块链技术构造，并通过智能合约和扶持对象生物特征进行绑定。只有扶持对象本人通过生物特征确认，可以对电子生物进行孵化。电子生物一经孵化，便开始为期两年的生命周期。孵化初期的电子生物为原始形态，随着扶持对象的培养，电子生物会逐渐成长，并形成独特的形态特征。一年后，电子生物成长完全，形态特征固定，扶持对象可以按照市场价格在政府设立的电子生物交易平台进行出售。电子生物的市场价格根据其形态特征的稀有程度会有所不同。在出售电子生物之后，会重新评估扶持对象的财富和收入水平，如果仍然满足项目标准，可继续申请获取新的电子生物。

邮件底部即为电子生物申请链接，通过指纹确认签署合约后，和签署者生物特征绑定的电子生物原卵，便会通过物流系统发送到签署者的注册地址。如有任何疑问，请来电咨询项目服务机器人。

祝一切顺利

国家政策决策委员会

曙沁很快读完了邮件，感觉并不是很明白项目的意图。但一年后能够拿到一笔钱，曙沁这点倒是看明白了。点开申请链接，是申请电子生物的合约，大致和邮件描述的差不多，比较详细地罗列了申请电子生物的权利和义务。"现在这个状况，能拿到钱就好。"曙沁想着，迅速地在手机屏幕上按下了手指，签好了合约。这时候，曙沁还真有点迫不及待，想快点看看这个电子生物到底什么样子。

第二天，电子生物就送到了。打开包装，是一个半尺见宽的白色盒子，盒子中间的纸板嵌着一枚金属材质的卵形物体，通体哑光黑色，鸡蛋大小，这大概就是原卵。纸板下面是使用说明书。根据说明书的指示，曙沁将手指轻轻按在原卵的外壳上，停留片刻。通过识别曙沁的指纹信息，原卵开始孵化。原卵较窄一端的顶部，一颗亮蓝色的指示灯不断明灭，就好像某种生物心跳的节奏。突然，原卵离开盒子，缓缓升起，在距离桌面一尺左右的距离，窄端向着曙沁，悬空停住。原卵下方的空间，通过原卵的投射，出现了一只全息投影的小生物。这是一只类似初生小狗的生物，静静地趴在桌上，眼睛还没睁开，身体随着呼吸的节奏轻轻起伏，一圈圈的光晕在身体表面产生、扩散，十分美丽。过了一会，小狗打了个哈欠，睁开眼睛，仿佛刚刚从睡梦中醒来，抖了抖身体，伸直四只小腿，站了起来。一双圆溜溜的小眼睛，满怀好奇地盯着曙沁。曙沁有点愣神，差点被这小萌物给迷住。缓过神来，曙沁想起根据说明书的指示，现在应该给电子生物起名字了。"你的名字就叫 Hannah 吧，象征着循环和平衡。"话音刚落，小生物仿佛听懂了一般，愉快地摇动着尾巴，嘴巴轻轻发出"呜呜"的声音回应着。原卵中的智能合约也自动更新了生物的名字，记录在了云端的区块链中。

初生电子生物都是类似小狗的原始形态，随着不断成长，根据智能合约内置的概率算法（类似普通生物的基因）和后天的培养状况，电子生物会掌握不同的能力，其形态特征也会发生变化。对电子生物的培养，需要教给它们各种知识，给它们讲述各种人生体验，也可以谈谈自己对世界的认知和看法，表达自己对美好事物的喜爱。总之，独特的知识，不一样的认知，积极的人生态度和情感体验，都会让电子生物获得更好的成长，形成更稀缺的能力，并反映在其形态特征的变化上。所有的成长数据都会通过区块链进行记录，完全成长后，系统会自动评估其稀缺性，越是独特的形态特征意味着越稀缺，其市场价格也会越高。在日常的培养中，电子生物会自动找到机器人无线充电接口进行充电，即使偶尔断电，充好电即可由培养者唤醒。除了不用吃喝拉撒，它和普通的小狗也没什么太大的区别。可以逗弄它，和它一起玩耍、散步、逛街，去任何想去的地方，而且不用做铲屎官。它会自动跟在你身边，不方便的时候可以让它进入休眠状态，把原卵放在口袋里就好，十分方便。

曙沁用手指轻挠着 Hannah 的脖子，Hannah 闭着眼睛一副很享受的样子。不就是养只狗吗，别的不会，养只狗还不会？曙沁一边想着，一边对着 Hannah 念叨："小 Hannah，要乖哦，这一年我们要好好一起度过喽。"

虽说曙沁这些年没有正经地工作过，但曙沁并不笨。独特的知识，自己虽然没有，学长可是很多。偶尔向学长请教一下，应该没什么问题，刚好对自己来说也是一个学习的机会。对美好事物的喜爱，自己这么多年的奢侈品也不是白买的。曙沁每买一件奢侈品，都会进行视频记录，记录相关设计如何展示其最美的时刻。"时光"在俊杰葬礼绽放的全过程，也做了全方位的记录。况且，还有太太团的朋友，定期欣赏一下她们购买的新品，还可以联络联络感情。

这一年，曙沁过得愉快而充实。曙沁每周都要和学长探讨一些现实的经济学问题，每次都带着 Hannah 一起。学长也知道曙沁的意图，每次都解释得很仔细，好让曙沁和 Hannah 能够听得明白。同时，学长还给了曙沁很多与经济学相关的视频课程，让曙沁和 Hannah 一起学习。没多久，曙沁也可以帮着学长做一些数据分析和处理的工作了，还经常和已经学会人类语言的 Hannah 互相讨论。很快，Hannah 也进化出了经济研究的能力，额头上开始长出一只小小的睿智之角，成为一只小独角兽。其余的时间，除了陪果果和 Hannah 玩耍，让他们感受母爱的力量，曙沁会播放自己收藏的奢侈品视频给 Hannah 看，并点评各种材质和设计的独到之处；再不就是带着 Hannah 参加太太团的聚会，实地观摩最新产品的设计效果。一开始，曙沁分析点评得多，后来，随着 Hannah 见闻增长，曙沁需要和 Hannah 一起研究各种最新的材质和技术，Hannah 还经常能给出特别而独到的见解。在这个过程中，Hannah 获得了奢侈品鉴赏的能力。Hannah 身体也不再是纯白无瑕，开始出现淡紫色的繁复花纹，极具神秘气息。

一年的时间很快就到了，在曙沁的精心培养下，Hannah 终于成长完全，经济研究能力升级为经济研究专家，奢侈品鉴赏能力也升级成了奢侈品鉴赏大师；除了原来的睿智之角和全身上下淡紫色的艺术之息，Hannah 背上又长出来两对小翅膀，一对淡金色的智慧之光，一对浅银色的巧思之风。小 Hannah 扇着两对闪耀着点点星辉的翅膀，飞来飞去，就好像神话传说中的神兽。不光是 Hannah 长大了，曙沁也成长了很多，作为丁勉的研究助手已经可以胜任，开个自媒体点评各大品牌新品也完全没问题。这个时候，也到了 Hannah 要离开的时候，曙沁却很舍不得。反倒是 Hannah 安慰曙沁："曙沁妈妈，我的诞生本来就是为了完成应有的使命，非常高兴能够和你一起度过这段特别的时光，共同成长。希望我的离开，能够把我记录的许多你创造的价值，传递给更多的人，让世人都看见你的美好。这样，Hannah 的诞生也就有了意义。"是啊，不愧是有了智慧的小生物。

人生就是各种相遇和离别，为了更好的明天，便有了意义。

第一批电子生物成长完全，电子生物交易市场也正式上线，形态各异的电子生物在市场中挂牌交易。每个电子生物都配有数个视频，展示它们的各种能力和形态美感。电子生物的档案信息也会详细记录它们的珍稀度、能力信息，以及培养者。为了促进电子生物的交易，政府还特别制定了相应的规则。只有个人财富达到一定标准的富豪阶层才能购买。买卖只能通过政府设立的电子生物交易市场进行，所有交易记录通过区块链记录，方便监管。电子生物进行拍卖交易，竞拍时间为一周，出价高于系统定价均为有效报价，拍卖结束时价高者得。如无人竞买，由政府按照系统定价购买，并重新挂牌直至售出为止。同时，政府规定出席公共活动的富豪阶层人士必须携带电子生物，未携带电子生物将会收取高额罚金。很快，电子生物的竞购就火爆起来。不光是因为政府的规定，电子生物的独特能力和奇异美感也俘获了富豪的心，携带电子生物成为富豪阶层最新的时尚潮流。

电子生物根据系统评定的稀有程度分为普通、卓越、史诗、神话和传奇五个级别。Hannah 的稀有度达到了罕见的神话级别，Hannah 的独特能力也颇受富豪阶层喜爱，其宛如神兽般的形态更是俘获了各年龄层的女性。在一周激烈的竞拍之后，Hannah 以两千万的高价成交，甚至超出了系统定价的三倍。没想到光靠着 Hannah，曙沁就赚回了一套"蓝森林"。更高兴的是，大家通过 Hannah 认识了曙沁，已经有时尚媒体开始和曙沁联系合作事宜了。曙沁成为知名自媒体人，重新回到了中产阶级的生活，这一切都要感谢Hannah。对了，还要感谢这一切背后的那个人，丁勉。

　　曙沁周末约了丁勉见面，Transient冰激凌店。曙沁和丁勉一边吃着彩虹冰激凌，一边聊着。"冰还是一样的味道，可是人却变了好多。学长，这都是你的功劳。"丁勉笑着，也不否认："现在你应该明白这个项目的意义了。""是啊。多亏这一年和你学了不少，才勉强能够明白。这个项目建立了一个新的平衡机制，创造了富豪阶层对电子生物的需求，而电子生物的供给只能由低收入人群来提供。财富通过这种方式从富豪阶层流向低收入人群，从而起到调节基尼系数也就是贫富分化程度的作用。培养电子生物的机制巧妙地建立了低收入人群创造价值的能力，并协助他们在这个过程中进一步培养新的能力，这些能力创造的价值通过电子生物被具象化，并通过交易的方式市场化定价，为低收入人群带来即刻和未来的收入，从而提升了整体的购买力，需求减少开始缓解，经济崩溃被逆转，世界开始向好的方向发展。"丁勉点点头，赞同道："大致就是如此。不过，严格控制信贷，禁止个人买卖，严防囤积炒作也是必要的措施。另外，通过区块链智能合约构建电子生物，使其具有学习和成长能力，并具有可交易性，才是项目得以实施最根本的基础。所以，我们要感谢这些可爱的小狗，是它们让人类重新找回了价值。"

　　"是啊，真得感谢这个狗世界。"

　　"哈哈！狗世界。对，狗世界。"

　　"嗯，感谢，狗世界！"

文 / 海宝 / **冒名顶替**

"若你能看见它，它多半并不存在。"

——凯特·齐欧《自杀的辩护》

拿起酒杯，浪费人生，欢迎来到咸鱼窟酒吧 AY-11。

这里的生活总是简单乏味的，在社会底层工作的他们充满繁杂琐碎的群体记忆，但也不缺乏好的故事素材。所以我经常来咸鱼窟酒吧喝酒，虽然酒吧里到处弥漫着汗臭和污言秽语。

吧台四周人声鼎沸，聚集着不少附近的打工仔，一个高高瘦瘦、白白净净的年轻人被一堆大老爷们簇拥着。年轻人正涨红着脸夸夸其谈。

"你们知道今天是什么日子吗？"年轻人高高举起酒杯，居高临下地看着团团围住他的咸鱼们。

"有人答出来我罚三杯，没人答出来你们可要各自罚一杯，接不接。"

很会活跃气氛嘛，我心想。这些酒鬼咸鱼们很容易被酒精冲昏头脑，到时候还不是他说什么就是什么。

果然没人能回答得上来，自从大部分人类赛博化以及拟态智能普及以后，异性之间的爱就成为架上蒙尘的历史收藏品。

"今天是七夕节，每年的今天相爱的恋人之间都要互表爱意，今天情人节要好好给你们喂狗粮吃。"

老套的爱情故事可算给这些咸鱼乏味的生活里增添了些许调剂。

几个故事过场，几杯烈酒下肚。故事与酒精在大脑皮层的褶子里产生出奇妙的化学反应，咸鱼们甩下一地的狼藉便一哄而散，还有几个已经在瓶瓶罐罐里进入了梦乡。年轻人没有丝毫倦意，与打扫的酒保又攀谈了起来。

夜深了，街上的路灯投射下昏黄的光，年轻人盯着酒杯暗自出神。我站起身朝他走去，在他身边的高脚椅上坐下。

"你看起来不是本地人，我很喜欢你的故事。"我由衷地说道。

"谢谢，我是从外地来这里打工的，找工作找了很久了，好不容易有个歇脚地。"

"我叫川，你呢？"

"叫我阿银好了，工友们都这么叫。"他笑着。

"你的故事好像都是些美好的爱情故事，那只是哄骗咸鱼的言情小说。"我将面前的酒一饮而尽，注视着阿银说道："小伙子想和我学写作吗？我在《领袖周刊》上可是有荣誉作家席位的。"

吧台吊灯投影里阿银的脸没有丝毫表情，我看得出有什么郁积在的他喉咙，亟待说出。

"我说的不是哄人的咸鱼故事，它们都是真实的爱情。不懂得失去的人又怎么懂得幸福呢？"阿银转过头，血丝微密的浊眼中隐着流转的灯光，"那我就来讲一个故事，我们的故事。"

左城迎来自建城以来的第一个千年，正值生物学与物理学方面的研究突飞猛进，彼时的研究者希望这能够让人类突破人脑智力的极限。那时候初期赛博化临床实验还是自愿的公益活动式的研究，通常都是些精神卫生中心的病人和残疾人的家人走投无路的选择。

初期的赛博化是粗暴简陋的，强迫大脑与电子设备结合，嵌入式设备与血肉的结合，其后果就是一半以上的杂合人成了怪物。人脆弱的神经受不了同时操控机械与肢体，抽搐和瘫痪便成了家常便饭。可怜的家属们常常收到的只是一沓钞票和一张死亡证明。

阿银是个本科毕业生，邻居总喜欢嘲讽老银的儿子是个啃老族，但老银不以为然，说他儿子别的方面不行，但起码有一颗不咸鱼的心。但凡听到这句话的人都哈哈大笑。赋闲在家的阿银最受不起老爹那不知从何而来的得意劲儿和邻里的闲言碎语，终于在某个阳光明媚的日子，他决定为那个连脑神经领域的专家都认为是虚无缥缈的目标奉献自己的脑子抑或是他那颗心。

一个大学生对于那些科学怪人来说可能是一种奢侈的试验品，所以他们对阿银的脑子温柔极了。对重要的神经功能区小心翼翼，用最先进的分子级别纳米硅基神经网取代原始的粗陋链接。谁也不知道这样的杂交是否会破坏什么潜在的承重柱。起码在老鼠和一些残障人身上这样的临床研究已经不是少数了，但像这样在人脑上进行的改造还远远谈不上精准且优雅。

我觉得我根本不用多问，但我还是没有忍住，不由得压低了声音带着询问的语气开了口："你……为什么？我是说这代价这么大，你真的……"

"是啊，如果我能够回到过去阻止当年的自己……"停了一会儿阿银苦笑着继续说："我会的，毫不犹豫。"

三个多月几百台手术的折磨与改造带来的是喜人的结果，阿银的嵌入式感应界面数量庞大却没有产生严重的不良症状。

从此以后，这项技术被越来越多的正常人接受，失败的案例也是越来越少。再然后政府颁布了《社会闲杂人员处理办法》，明确要求没有现行社会职能的闲杂人员必须在指定机构接受基础赛博化改造。左城是个历史不过千年的新兴城市，没有诞生过什么伟大的哲学家去思考赛博化的必要性，然而左城也并非随时随地被暴力所统治。然而抛开难题，解决的方法也就显而易见了。

"愚蠢的草案，赞成这项草案的半数都是与萨式硅碳半导体公司有关的官员和企业。这算什么脑残玩意儿？正常的人都不一定会接受，别说那些反政府的阴谋论和反机械的人类原旨主义的疯子。"阿银手中的酒杯在头顶上摇晃。挤满人群的广场上飘扬着抗议的旗子，震天的口号混杂着腥臭的气味，从那天以后在城市的角落仍时有回响。

　　接连几日的闷热。梅雨季，令人烦闷的暴雨肆意冲刷着空旷的街道。抗议的人群从塞满酒精的地下俱乐部里无声无息地钻出来，身披着涂黑的锡箔纸，手上举着黯淡的低压弧光灯。透过蒙了夜雾的落地窗看去，极像一群无处栖身的幽灵在游荡。

　　当夜，一群恐怖分子扛着组装粗陋的武器袭击了城中的主机，电磁脉冲激烈的余波烧毁了所有数据和设备。幽灵们这才心满意足又钻回地底。黑暗的城市上空，电磁波风驰电掣般直冲入六十公里以上云层顶端的电离层，碎雪花般的亮光片片飘落。

　　没有防空警报，起初只有几颗明亮的星星从砧状云与天际交界的地方快速升起来，抬头向上看去，昏暗的太阳周围聚集着无数微小的瘤状物，有的已经耦合成可见的块状。黄昏，被猩红的太阳染红的云层里密密麻麻的星星在喷射着气流，空气里弥漫着轻微的锈铁气味。

　　如果从频谱望远镜后面看去，会发现太阳发出的光在缓慢到肉眼几乎不可察觉却又不停歇地向着长波端靠近，亮度则几乎下降了百分之二十到百分之三十。接下来的几日几乎不间断地有耀眼的火流星划过天空，城市周围遍布着各式各样的制造车间和发射台。天空已经被人造的炫光填满，如同布满雪花的电视屏。

　　不等旁人开口，凡是抬头的人都明白今天的世界级头条新闻是什么。有那么一群人，疯了似的在大街小巷上蹦蹦跳跳，嘴里叽里咕噜说个不停，你要是向他问些什么，他准会从外星人和你聊到世界末日，还不忘把这个世界骂得狗血淋头。还有……他们都是正常的人，亿年前在天火坠落中的大型爬行类动物也曾疯狂奔徙，恐惧与哀求。

在混乱嘈杂的静电噪声里我尽量把眼睛挪开，抑制住不断在脑中翻滚碰撞的电流。我迫不及待地想要缩回家中的铅质地窖里，却看到城中巨钟般矗立的萨式公司主机塔从焦黑的头颅中重生，而且比原来多出了更多的天线，它们如树枝生长般突出，枝头盘绕着斗状、矛状的狰狞尖刺。

"太阳要么从未消失，要么亘古不变。要说有这样的闹剧是你们活该。他们炸了左城的范式磁场，让我们得以重见天日。"

"什么意思？"我不解道。

"真正被攻击而宕机的范式场很简陋，只是用磁场建立了全城环视盲场。而普罗米修斯计划早在赛博普及化之前便已开始计划，建造戴森球所造成的初期影响并不是非常明显，所以范式场靠着发射可见光波段的光来增强脑内对于太阳存在这一视觉信息的正反馈，毕竟没人会盯着太阳半分钟来分辨它发射的光再去和以前的电磁波段做比较。"

"或者……嗯……只是投放些碘化银什么的，你知道的，它们甚至能控制一些混沌体系。"阿银摆弄着脑袋里仅有的专业词汇，拼凑成句子丢给我思考。

即使他没说，但我明白糊弄那些从草原上进化而来的人类轻而易举，而更重要的是让大部分的赛博人不分昼夜地工作，磁场更像是控制蚂蚁的信息素。而那个盘踞在荆棘巨树上的母蜂主机具体是怎么操控数量庞大的工蚁的已经无人知晓了。

"为什么他们，我是说原来的你们……究竟，原来的地球上发生了什么？"即使我还能清楚地回忆起那些专家坚持的实事求是原则和新闻里狗屁不通的标签式论断，那里面实在找不出一丁点儿有用的信息。

"有什么东西来了，一开始是在奥尔特云冰冷的黑暗里被观测到的。"阿银放下酒杯，在面前的木桌上轻轻滑动了几下，层层叠叠的统计数据与观测报告浮现出来，阿银指着色彩斑斓的多波段图像上一个凸起的微小气泡说："没人能看到它们，要不是有着与它们擦肩而过的探测器……"

我看着眼前的报告，那东西在这之后完完全全消失在了人类可观测的范围之外，借着盲区一点点移动，最终在半年后出现在了木星周围。虚拟窗口里黑白的画面播放着探测器传回的观测图像与数据，我像个睁眼瞎，那些质量、体积、磁场强度、黑体辐射和晦涩难懂的符号在屏幕上一闪而过。我拖开盖在上面的参照系和图表，露出底下最直接的图像，那应该是木星，我心想。

"它们太强大了，行星……可能是恒星也说不定……都吞噬，你们一边发射飞船去送死，一边……抱着数据瑟瑟发抖。这根本就是找死，全死了。"阿银多半是真的喝醉了，俊俏的脸扭曲成一团，嘴里的骂声不一会儿又变成了沉重的呼噜声。

在巨大旋转的气旋下有着什么东西在上升，从定格着木星画面的一个个像素里开始蠕动放大。

"所有船员进入战备状态，进入近木星轨道。"头顶上传来紧急的警报声，天旋地转中不知谁抓住了我，将我塞到了固定座位里，自动收束带瞬间锁死，将我牢牢锁在基座上。紧接着便是剧烈的加速，整艘飞船先是猛地一抽身子，然后便是剧烈咳嗽般的颤抖。我被绑在侧舷类似气囊的舱室里，周围一片漆黑。不知过了多久，木星巨大的身姿从黑暗的边缘出现，我才明白过来我们离得多么近，而我正在靠近它的那一侧。周围传来其他人的说话声，我听不清楚。只靠着肉眼盯着木星，原本平滑的表面气旋在这么近的距离却是混乱躁动的。突然，飞船像是感觉到了什么，又剧烈扭动起来，这次硬生生转了个脑袋直直朝着木星插了过去。

只是一闪而逝，但我仍然瞧清楚了：一道道通天的巨刺从几百个旋转的气流中冒出，表面缠绕着木星的气体，球状的闪电在表面肆虐。

距离越来越近了，巨刺下面是看似光滑的圆盘，不对，那应该是巨型球体露出的一部分，我下意识地联想到。

我看见一个巨大的豁口，周围没有密密麻麻纠缠的巨型尖刺，我猜它能比得上大红斑那般大，飞船正朝那儿飞去，免不了被吞噬或是被射穿。这张牙舞爪的怪物的磁场太强大，飞船每隔一段时间便会剧烈抖动，我觉得自己快被看不见的磁力线烧瞎灼聋了。死定了，我心想在那之前磁场会先把我撕碎。

飞船从最薄弱的侧腰开始一分为二，四分五裂。我所在的气舱被惯性气流卷挟着甩到了远远的另一侧。

阳光从酒吧破败的木制顶棚上倾泻下来，屋里空无一人，这一觉着实把我脑子里混乱的记忆唤醒了些。我仰起头扭了扭酸痛的脖子，把酒钱扔下便大跨步走出了酒吧。

还没来得及适应刺眼的阳光，眼前便又是一黑，被人三拳两脚打懵在地上，被电束缚手铐铐住塞进了汽车。一路颠簸，电流把我电晕又把我电醒。

审讯室居然是露天的，或者我认为那不过是障眼法，接着便是无休无止的审讯，然而最糟的并不是审讯，因为我压根儿不明白他们问的问题，他们好像都能在我的沉默里帮我回答。最糟的是那光和那光的源头。说它是太阳，它却永远不落下，把整间囚室照得透亮，即便是我在入睡时闭上眼睛也能感受到那块亮斑。就在我即将崩溃之时，他们最后一次来提审我，还有阿银，对，我都快忘了他，每次在将我折磨得筋疲力尽之后，他们便会折磨那杂种，我怀疑就是他连累的我，他那狗屁飞船外星人的垃圾故事。

"审讯开始，这是最后一次审讯，不论你是否继续保持沉默，你的叛敌间谍行为已经查实，将于今日执行死刑。"

"姓名，希言银，'提修斯'号飞船观察数据员，唯一幸存的赛博改造人。根据线报，体内藏有炸弹，企图毁坏地球防护罩体系。对此你有何要交代的？你们的反击计划究竟是什么？"

这帮人是二十世纪的外星谍战片里来的吗？我诅咒他们和我一

起死，这帮人都是睁眼瞎，看不出我和这破事没任何关系吗？

"你们找他，和我一点关系没有！"我指着坐在我边上的阿银。但是他却没在那儿，我真蠢，把囚犯关在一起审讯难道不会串供吗？也许他们就是这么愚蠢。

远离城市的刑场上，风在荒原上穿梭，与什么看不见的东西撞得呼啦作响。我双手被反铐，眼睛也被黑布蒙着。

押解的士兵揭开我眼前的黑布，太阳发出的光在钢铁巨墙上反射，一侧的哨塔上几根尖刺天线乖戾地矗立着，把几束光线切割成数道射向我的眼睛。我一个激灵挣脱了双手的反绑，指着那玩意儿大喊："这是什么？你这蠢货，睁开你的狗眼看清楚告诉我。"两个士兵先是一阵惊讶，之后便是三拳两脚便把我打翻在地上，讪笑道："外星怪物瞧清楚喽，这就是人类对付你们的防护屏障塔。"说着他指着城里那座微微可以瞥见一个头的塔，他不再解释什么，任由我打量那个东西。

那座诡异的塔上有着黑色的球形圆盘，上面长者密密麻麻的树突状尖刺，像是缩小了一号的木星怪物站立在城中心。

"人类一直败退，直到左城的萨式研究中心研究出了防护罩，战争才出现转机。你们外星的间谍技术还真烂。"另一个得意地吐了一口唾沫在我的脸上。

我顿时浑身战栗起来，惹得几个刚刚还怒不可遏的士兵哈哈大笑。我又抬起头裂着眼角去直视那太阳，极力想看清些什么。那没人看得见的天空里，黑色的巨型圆盘状怪物渐渐展开漆黑的双翼，球状的黑色将太阳包裹起来，表面浓烈的黑色吞噬着太阳的光芒。如血液般猩红的光浸染着整片天空。它终于来了。

我目瞪口呆。

如果你们是人类，那我就是——

我还没吐出剩下的字，头颅便被子弹射穿。

多亏了从后脑勺穿过、碾碎了电子晶状体的子弹，磁场得以夺取寄居在肿瘤与血管下意识的控制权。就这样，把一具尸体从阴间拉回人世。剩下的只需要让数据记录员完成他该完成的事了。

从刚刚还泼洒着鲜血和脑浆的地面上爬起来，快速且高效。行动日志已经部署，线路嗡嗡地忙碌起来。数据不再拘泥于形式地流动于存储器的单元里，但还是得说倒计时的指针再次摆动起来。最后的决战又被提前了些。

在城市的入口，在愈发黯淡无光的阳光下。一切又如剥落的灰质墙灰般在眼角的余晖里滑落，消逝。

转过身，太阳已经完全从昔日的耀眼光芒里停止了脉搏，熄灭前剧烈的氢闪聚变的闪光淹没在漆黑的地平线的另一边。毕业日提前来到了。

黑暗的城市里已经没有一丝生命的迹象，士兵们熟视无睹，回到了自己的岗位上。然而每一个齿轮、每一根电缆又都是活着的，旋转着，传递着，却不自知。在通往城中心的大道上，机械靠着电冲动的马鞭骑着躯体飞速前进，主机一点点在靠近。

与恶魔搏斗的人终究将变为恶魔。谁都比人类自身清楚这一点，所以需要系统之外的监督，那个人将见识恶魔并保持人性。孤独的木星，旋转的飞船，不可名状的外星怪物，神风式的最后一搏。想要了解你的敌人还有什么比与近距离观察它如何战斗更好的方法呢？现在的太阳系的决战棋盘上或许已是焦黑一片，不论还剩下了什么，它也绝不是人类的模样。

所有的意识还在主机塔的地下，巨大的缸脑巨型神经元网络，才是真正的人类集合体，正一边喋喋不休，一边专心致志，尖啸着冲向几亿公里的战场，为了决战这一天。

文 / 逸欣 / **初恋**

1. 引子

"好吧，我删掉你。"我已经是第二十回说这话了，但是我并没有这些记忆，我只能从记忆档案上看到自己删除关于 1236 的情感记忆已经有二十回了。

记忆档案是我的私人空间，是三人政府唯一不能查阅的私人资料，也是这个时代唯一的隐私，但是它的内存很小，所以对每一个人来说都非常珍贵。

我从仅剩的历史文献和基地外老一辈人口中得知了一些珍贵的信息。

一百五十年前一支舰队降临地球，这支舰队自称来自银河系联盟，宣布人类已被纳入银河系联盟，将受到统一管理。

人类在对方魔法般的科技下毫无反抗之力。不久后，全人类都加入了银河系联盟。

银河系联盟派出了三个人组成了管理人类的政府，他们废除了婚姻制度，严禁生育，开始由政府统一培育下一代，它们改造人类，创造出永生人，所有永生人都生活在巨大的基地里（基地外生活的人虽然放弃了永生，但也没有生育能力），还给每个人都植入了智能芯片（包括基地外的人）。

我是人工培育的一代，从小就生活在基地里。我宝贵的记忆档案里面，除了我通过自己基因还原的父母照片就只有在消除某个情感记忆时才会出现的这句"二十回，1236"。

"云梦，你还在和彤彤谈恋爱？"我的室友天明放下手中的快感机器，双目无神地仰着头说道。

"不要叫真名。"我小声地提醒他。

"不要怕，咱们这个房间很安全，我用点数买了一些隐私，只要不说反对银河系联盟的话就没问题。"

天明话音刚落，房间里就亮起了红灯，四面原本金属色的墙壁变成了巨大的显示屏，显示出了银河系联盟的标志，紧接着银河系联盟三人政府中的第二位郭嘉博士出现在了屏幕上。

郭嘉博士是来自银河系联盟的人类，没有人知道他的来历。

他不紧不慢地问道："晚上好，我是银河系联盟的政府人员，你们为什么要反对银河系联盟？"

"我们没有反对银河系联盟，刚刚只是说不要说这句话。"天明显得很委屈。

郭嘉没有多说什么，只是用很奇怪的眼神看了我一眼就离开了。

这件事我和天明都没放在心上，我们又聊起了我和彤彤的事。

"嗯，我和彤彤分分合合二十一回了，前二十回不知道发生了什么，最后都选择删除了记忆。"我说完后走到了快感机器旁，选择了烟草快感，带上了头盔。

"你干脆也植入爱情芯片吧，这么方便的东西就在眼前，还费劲追求什么？以前古人一生拼命追求，是因为死亡悬在脑袋上，如果他们死之前缺了点什么，会有遗憾。我们现在呢？各种感觉都可以用快感机器得到，爱情也可以植入，你又何必难为自己呢？"天明又耐心地劝着我。

我回答："我试过快感机器，最高程度的快感都尝试过，但是我觉得那也比不上第一次和她牵手时的感觉，你知道吗？我觉得真正的快感应该来源于爱。"

"你真应该早出生几百年，现代的科技配不上你高贵的精神。"天明满脸不屑的样子。

我刚想好怎么回他的话，可是刚张嘴就被天明给拦住了。他对我使了个眼色后，径直回到了床上，按下了身上的睡眠按钮进入了睡眠状态。

我知道一定是他爱情芯片里的"爱人"叫他去睡觉了，看到睡下的他露出了微笑，我猜他一定是和那个所谓的"爱人"在梦里相见了。

这个时代天明这样的人太多了，在永生的条件下每一份爱就像嘴里的糖，虽然甜但总有化完的一天，人们一颗又一颗，最后甜掉了牙，让人厌倦，让人失望。

彤彤既是我的"第一颗糖"，又是我在物理实验工作上的伙伴，我相信这颗糖不一样。

2. 欺骗

不久后我和彤彤成为物理研究员，我们搬到了木星的第二颗卫星上，在木卫二星厚厚的冰层下面有巨量液态水构成的海洋，在海洋里有人类未知的文明。

这个文明被称为亚特兰蒂斯文明，当然它并不是因为大洪水沉入海底，而是本身就在海底形成，也在海底发展。

研究所位于亚特兰蒂斯文明的首都布尼市的中心。为了能够在海底生活，我们改造了自身。经过改造的肺能够在水下呼吸，交流则是由佩戴的脑电波交流器完成。

"来睡觉吧。"彤彤显然是等得不耐烦了。

"你先睡吧。"我正坐在椅子上看着关于黑洞的数据，一遍遍推算着。

"你快点过来，我有话对你说。"彤彤说着伸手推了推我。

在宽大柔软的床上，彤彤依偎在我的怀里。

"早点睡吧。"我说道。

"好吧，那就睡吧。"彤彤躺在了床的另一边。

我的左手拉着彤彤的右手，我们又各自用另一只手打开了睡眠开关。

"晚安。"

"晚安。"

亚特兰蒂斯，这个文明所有的一切都是水构成的。它们的房子是水做的，书是水做的，甚至衣服都是水做的。它们用一种只有原子厚的超高强度薄膜做成各种形状，然后再根据用途往薄膜里注入适当压力的水。这种材料真正实现了零污染，在这样美丽的文明中生活就好像生活在伊甸园一样。

第二天，我和彤彤起了个大早，我们想去亚特兰蒂斯的博物馆转一转，越来越困难的物理问题压得我们喘不过气来，我们此时正坐在用干冰推进的水中航行器上向博物馆驶去。

"为什么要让我们去解决这样的问题？"我向彤彤抱怨道。

"我也想不通，黑洞怕是他们自己也不太了解吧？"彤彤附和道。

"对了，咱们的母星呢？有消息吗？"我很想念天明和其他一起长大的伙伴。

"暂时没有，地球的消息都封死了，真希望他们没事。"彤彤显得很焦虑。

"你看，我们到了。"我远远地看到了博物馆。

那是一座巨大的哥特式建筑，它的顶端像是一把利刃直直插向天空。

"你好，我要两张票。"我对着售票窗口的工作人员说。

"公民证拿来。"卖票人回答道。

我把临时证明交给了它。

"你是……"卖票人像见了怪物一样盯着我。

"我是人类科学家，有什么问题吗？"我之前还没怎么和木星人打过交道。

"不是的……"它说完就离开了售票处。

过了一会它回来了。

"今天博物馆闭馆了。"它显得有些慌张。

"那什么时候开？我们到时候再来。"我不甘心地问。

"不会开了，你可以走了。"它说完就把我赶了出去。

我感到莫名其妙，回去告诉了彤彤。

和我一样，彤彤也觉得这个博物馆里有蹊跷，于是我们决定晚上再偷偷溜进去。

其实这个文明并没有白天黑夜之分，但是它们也需要休息，于是人为规定了白天和黑夜。我们乘着木星人都休息的时间悄悄来到了博物馆，我和彤彤穿上便携的推进器，从空中俯瞰这个建筑，从上方看，建筑物顶端的巨大刀片就像一台钻冰机。

"这个结构，是钻冰的吧？"彤彤向我问道。

"你不觉得，这个建筑就是一台钻冰机吗？"我反问道。

"我们到里面去看看吧。"彤彤拉着我向博物馆的内部飘去。

进入了这个巨大的建筑首先映入眼帘的是一个球体。

"那不是地球吗？"彤彤显得十分惊讶。

"是啊，大陆的轮廓还清晰可见。"但最吸引我的是球体下方的连接器。

"里面也许有我们地球的秘密。"彤彤也注意到了那个连接器，说着就要去拿。

"不过要是打开会被它们发现的吧？"我很纠结，想劝彤彤不要去动连接器，但又不知道怎么说好。

"云梦，我想知道，我不想被蒙在鼓里了。"彤彤说着就哭了出来。但她依然没勇气去打开那个连接器。

"可是…好吧，那我去打开连接器，用脑电波分享给你，你先离开这里。要是我被抓起来，你就说你不知情好了。"为了彤彤我愿意去冒这个险。

"我们根本没有错，它们都在瞒着我们，告诉我们的信息自相矛盾，说不定它们早就把我们的同胞杀光了，它们是刽子手！" 彤彤强烈的情绪让我的脑电波交流器好像漏电一样。

我心疼地抱住了彤彤，她在我怀里哭了起来。

"我们不是刽子手，我们是上帝。"一个熟悉的声音从黑暗中传来。

"谁？"我赶紧把彤彤护在了身后。

"我是银河系硅基联盟的人类培育品郭嘉，对你们的禁令刚刚解除了。"

"什么禁令？"

"你们已经是废品了。"郭嘉一副得意的样子，"不如先给你们讲个故事吧，一个关于你们人类的故事。"

几百年前，亚特兰蒂斯文明第一次用巨大的钻冰机钻开厚厚的冰层，正当全体公民看着先行者传来的星空景象痴迷的时候，一个黑色的箱子呼啸而过，感受到危险的先行者立马跳回了水里，躲在水里的先行者立刻开始计算那个箱子的轨迹，但是还没来得及算出来，所有人就听到了这样一段话："请不要回复，木卫二星文明，你们已经加入银河系硅基联盟，你们处于实验观察区域，请不要向外界释放任何信号。"

紧接着一个飞行器飞到了木卫二星刚刚钻开的洞旁，径直飞了进去，先行者赶忙跟了过去。

"你来自哪里？"先行者问道。

"本来你们是没资格的。"飞行器里的驾驶员喃喃道。

飞行器一直飞到木卫二星最高执政官的办公室里。

先行者被拦在了外面，几分钟前它还是整个文明关注的焦点、整个文明的英雄，现在站在执政官办公室门口的他却像是一个做错事的孩子。

"切断信息共享。"驾驶员对执政官说。

信号终止，全体公民都呆在了原地，谁都不知道到底发生了什么。

"你们差点毁了我们的实验！"驾驶员显得很生气。

"每个文明发展到一定阶段，向外部进行探索不是很正常吗？"执政官显得理直气壮。

"但是你们的位置特殊，你们是特殊群体的邻居。在你们旁边有一个蓝色星球，上面住着一个物种叫人类，是我们培育的。我们在距离那颗星球最近的一个黑洞旁发现了一个培育瓶，我们检测到那是碳基生命的DNA。我们惊讶地发现原来生命不止有硅基还有碳基，所以就开始在地球上培育那种碳基生命。为了这种生物，我们移动了地球的轨道让它不冷不热，我们搬来了水，挖出了无数条地下通道让海水终于循环起来……小心地培育，终于出现了生物。但那巨大的生物什么都做不了，我们为了让其他物种快点成长起来，就改变了一颗小行星的轨道使它撞击地球，在一切都毁灭后，我们又挑选了一些物种让它们复活，我们最看重的是人类。他们在那个培育瓶上面有一个大大的标识，我们感觉培育瓶的主人似乎很看重这个物种，后来你猜怎么着？这个物种渐渐成为星球的主宰，科技也是迅猛发展，我们一开始还以为他们的大脑有什么不一样的算法，实验后才知道他们大脑的处理能力其实很低，他们是靠一种叫作想象力的程序计算的，传递知识也不能直接互联大脑而是依靠一种叫作'教师'的团体，最不可思议的是他们有一种叫作'感情'的东西，让他们形成了一个个小团体，这个'感情'系统无论用多少硅基大脑去同时运算也破解不了。"

"你说的话我无法理解。"执政官并没有从自己的信息库里发现有关的信息。

"我也无法理解，可这就是事实。"驾驶员附和道。

"如果是真的，你们打算怎么利用这个物种？"执政官问道。

"让他们的想象力为我们所用。"驾驶员回答。

"什么时候实验？"执政官追问。

"等他们再成熟一些，我们要让培育瓶里的原型体在其中正常长大。"

"好的，我们会耐心等待你们的实验。"执政官代表木卫二星所有的硅基生物做了保证。

对人类正式实验前一天。

"伟大的硅元素，生命的源泉，对低贱的碳基生命实验的最好时机已经到来。"郭嘉博士跪在地上瞻仰着高高在上的统帅。

"你虽然也是低贱的碳基生命，但我相信你的忠心，这回实验就由你来辅助我，你的任务有两个：一是与将军一起让人类彻底投降，二是研究出替代想象力的机器。"

"是，我一定完成任务。"郭嘉目光坚定地回答。

3. 轮回

"你不也是人类吗，为什么要害自己的同胞？"彤彤质问郭嘉。

"不要把我和你们混为一谈，我的大脑里植入了硅芯片，我是硅基生命！"郭嘉说着生气地打了一拳地球模型。

郭嘉从背后拿出来一个全息投影仪，打开后出现一个搜索框。

"我发明了替代想象力的机器，现在你们没用了，你来输入一个吧。"郭嘉显得很傲慢。

"彤彤。"我脱口而出。

空中出现了一大堆乱七八糟的代码，过了几分钟，出现了一个天使，一个快感机器，一个母亲，一个女儿，一个信号接收器……我耐心地看着，突然感到一阵眩晕，我感到很无助，就在我快要晕倒的时候，一个声音从大脑中传来。

"没有我呀。"

我抑制不住那种喜悦，拍手叫道："没有我呀，没有我呀，没有我呀……"

彤彤跑过来扶住了我。

"你对云梦做了什么？"彤彤显得很憔悴。

"我什么也没做，他估计是被这伟大的科技吓傻了，哈哈，你们愚蠢的感情。你们已经是废品了，好好享受你们最后的时光吧。"

"对了，这是你们那二十回记忆的备份，肮脏的信息，还给你们！" 郭嘉说着把一个记忆体扔了过来，紧接着一个正方体把我和彤彤关在了里面，我们在慢慢地向上飘浮。

彤彤看着那个记忆体像看钻石一样两眼放光。

"我们把那段记忆找回来吧。"彤彤终于露出了微笑。

我和彤彤把记忆体输入了大脑。

回忆一：不堪的爱

你的爱

柔软的树叶划破了手腕，

卷曲的头发刺入了胸口。

你的爱像蜂蜜像蜘蛛网，

我成为蜜中窒息的标本。

　　"真是的，又做错了。" 彤彤关掉了虚拟实验场景，趴在桌子上哼哼起来。

　　明明已经答应和我交往了，可是彤彤一直故意避开我，肉到嘴边吃不到的感觉真差劲。

　　"彤彤中午想吃什么，一起去吧。"我黏在她身边，希望能多获得一些两人共处的时间。

　　"好啊，中午跟你走。"彤彤貌似对我的主动感到开心。

　　"那我中午来找你。"我和彤彤约好后就赶紧去了实验室，彤彤则继续待在教学区接受基础教育。

　　我天生对物理很有天赋，去年我就以基地第一名的成绩参加了所有基地联合举办的物理大赛，在大赛上以超过第二名一百多分的成绩拿下了物理学金奖。

　　最令我疑惑的是，银河系联盟的人仿佛早就知道我要拿冠军似的，在我刚离开基地去比赛时就把冠军才配有的实验室建到了基地里。

　　到了中午，我在门口等着彤彤，情窦初开的我心里紧张得像有小鹿乱撞。每个出来的同学都会让我心里紧张，终于彤彤出来了。

　　"走吧？"我很在意我的语气是否温柔。

　　"你去吃吧，我要和琦玉去。"彤彤板着脸，甚至都没看我一眼就和琦玉走了。

这已经是第四次了，我越来越感觉不对劲了，为什么他总跟着彤彤。

不，一定是我想多了，女性身边总是有几个男性朋友的，他们关系那么好我应该感到高兴才对，我反复告诉自己不要去控制彤彤，要给她足够的自由。

但是之后的一件事让我彻底看清了一切。

那是一个秋天的夜晚，也是我的生日。结束了一天的实验后，我像往常一样去教学区找彤彤。

我走进了彤彤的教室。

"智能系统。"我唤醒了教室的AI。

"怎么了，G486？"

"彤彤去哪里了？"这估计是我问过它最多的问题了。

"彤彤一下课就走了。"AI回答道。

"帮我联系彤彤。"AI帮我给彤彤打去了电话。

"彤彤你在哪里呀？我来接你了。"我隐约听见了吵闹声，开始有点后悔问她在哪里了。

"哦，我和朋友们出去玩了，你先回去吧。"

"嗯嗯，好，早点回来。"我没敢提我生日的事，怕搞得两个人都尴尬。

"嘀嘀嘀……通话结束。"

我回到宿舍里准备吃晚饭，我拿出一个小拇指大小的胶囊就着营养液吞了下去，这样我晚上所需的能量就解决了。接着我戴上了快感机器，输入晚饭选项，点了一份炸鸡，我开始感觉我的嘴里出现了炸鸡，我开始咀嚼、吞咽，鼻子也能闻到炸鸡强烈的香味，持续了十几分钟后我感到了强烈的饱腹感，晚饭结束了。

"G486，收到邮件。"来自智能系统的提示。

"打开。"

"我和彤彤在我的宿舍，你过来吧，有惊喜。琦玉。"

"原来还记得我的生日啊，我还以为她忘了呢。真是的，居然还不好意思自己叫我。"我自言自语，穿起了衣服。

"你要去哪？"天明像往常一样抱着快感机器慵懒地躺在床上。

"去琦玉那里，他们给我准备了个生日惊喜，那可是你的快感机器永远都模拟不了的。"我和天明总是相互挖苦对方，这是我们俩的一大乐事。

"切，我和你一起去，天天吹得那么好，我倒要看看是谁把你迷成这个样子。"天明说着也换起了衣服。

我和天明先乘着磁力电梯降到了琦玉所在的楼层，然后沿着环形的金属走廊寻找那间宿舍。

"他宿舍几号？"天明打开了基地的地图。

"应该是角落那间。"我印象里彤彤曾经向我提起过。

"那就是 308，已经快到了。"天明说着向我指了一下地图。

不一会儿我们就走到了角落的房间。

"307？不是 308 吗？难道地图出错了？"天明挠着头显得很疑惑。

"不管了，快进吧。"我已经等不及了。

"门好像没锁。"天明试着推了一下门。

我和天明一起走了进去。我发现这是一间纵深式圆盘形的房间，左右两条通道分别通向两个圆盘形的房间。

"云梦你来了？来左面的房间。"左右通道交会处的智能锁传来了彤彤的声音。

走过一段通道，巨大的舱门出现在我面前，我缓缓推开舱门。黑黑的房间突然变亮，房间中央是一张圆桌，桌子上有一个巨型蛋糕的全息投影。彤彤和琦玉站在圆桌两旁拍着手唱起了生日歌。

"生日快乐！"彤彤走过来一把抱住了我，拉着我坐到了沙发上。

"彤彤这家伙跟我念叨了好久你的生日。"琦玉说的时候提高了嗓门，像是怕彤彤听不见似的。

"这是生日礼物，我自己做的，也许不太好。"彤彤拿出了一个小盒子，那是一个睡眠开关，小小的圆盘上有我和彤彤的Q版画像，掌纹识别器的下面刻着"L.G."。

我拿着彤彤亲手做的礼物，怀里还抱着彤彤，感觉自己幸福得就快要融化了。

"不喜欢吗？怎么光拿着？"彤彤在我怀里撒娇似的问着。

"喜欢，我最喜欢了。"我立马把那个睡眠开关换了上去。

"我们就不打扰你们了。"琦玉说着给天明使了个眼色。

"我还是留下来吧，这么远不想走了。"天明看了看我，显得心事重重的样子。

"今晚别走了。"彤彤说话时的呼吸让我的耳根一阵颤动。

"你先回去吧，我晚上和彤彤在这里。"我不知道为什么天明要坏我的好事，我只能给他拼命地使眼色。

"嗯……那好吧。"天明支支吾吾地说。

琦玉和天明一同走了出去。

彤彤带我走进了卧室，我们在洁白的大床上躺下。看着彤彤迷人的侧脸，我想用一个吻打破这尴尬，可刚抬起身子，一阵晕眩将我按回了床上。

"睡眠模式开启，倒计时三秒。"智能系统提醒道。

"三——"

"彤彤，我的睡眠系统出了点问题。"我努力地碰了碰彤彤的手，彤彤却将手缩了回去。

"二——"

彤彤起身站了起来。

"一！"

彤彤推门走了出去。

当我醒来的时候躺在一个手术台上，这是一个圆盘形的巨大房间，房间里只摆了一张手术台、一个扫描仪和一台 3D 打印机。

"智能系统，请定位我所在的位置。"我心里说。

"抱歉，此位置不在服务区内。"我还是第一回听到这样的回答。

"呼叫天明。"

"抱歉，此位置不在服务区内。"

"请检测一下我的身体状况。"我感觉身体变得很奇怪，好像轻了很多。

"G486，您的身体一切正常，还有二十分钟进入冬眠。此次冬眠时间一万地球年。"

"什么？"我坐了起来，先是看到了腿上的白色丝袜，又伸手摸了摸自己凸起的胸部，原本扎起来的头发散了下来，这是彤彤的身体。

"你醒了啊？还以为你会直接休眠呢。"手术台的前方出现了"我"和琦玉的全息投影。

"彤彤是你吧？你这是干什么？"其实我已经意识到大概发生了什么，但是内心依然在骗着自己。

画面中的"我"默默低下了头。

"你不是喜欢彤彤吗？那就把一切都奉献给她吧。彤彤和我在一起会更快乐、更幸福。你应该高兴才对。"琦玉一副小人得志的样子。

我心里很明白没有生命维持系统的长时间冬眠意味着什么，时间不多了，我必须做点什么。左手边有一扇门，正前方也有一扇门，我先向正前方跑去，想把门打开，伴随着一声声的撞击，鲜红的血液顺着手腕流了下来。失败后，我又跑到了左面的门，这门没锁，我向门外看去，这是一条左面是死胡同的走廊，门口左侧堆满了人体器官，从上到下不停地流着血和各种分泌物。大部分胳膊和腿仍有残留的生物电，它们不停地从那堆垃圾里向外爬，各种内脏垃圾则还在不停地蠕动，有时正向外爬的手还会捏爆挡路的内脏…我顾不上恶臭，出门向右跑去。

我突然看到天明就在前面，他正四处张望不知道在找什么。

"天明！"我边跑边叫。

天明似乎听见了，朝我的方向看了过来。

突然我的头狠狠地撞在了看不见的东西上，几滴鲜血流了下来，我一下子摔到了地上。

背靠着那层看不见的"墙"，我看到了刚刚出来的门上面赫然写着308，再看看对面的那些器官，最下面角落里的那个头和我一模一样，这些应该是我的复制品，估计是怕被发现不敢交出去统一处理，等着慢慢腐烂，和我现在的下场一样。

那扇墙估计是什么新材料，我对材料学并不熟悉，管它呢，反正也要死了，我疲惫地闭上了眼睛。

那是相当漫长的一场梦，充满了寒冷、孤独、痛苦、恐惧、怨恨，我在大脑里求生不得、求死不能地苦苦挣扎。

突然我从温暖舒适的休眠舱里醒了过来，在外面操作的是天明，郭嘉也站在旁边。

"欢迎你，云梦。"我拉住天明递来的手跨出了休眠舱。

"这是在哪里？"我突然意识到这是我自己的身体。

"彤彤呢，她在哪儿？"

"你别着急，她没事，她现在就在隔壁，我带你去看她。"天明说着就要带我走。

"先等等，我有事要问。"郭嘉叫住了我们。

"这段时间我一直在监测你的大脑，一开始你的大脑里充满了怨恨，可后来恨慢慢减少，爱却慢慢增多，你为什么会原谅她呢？"这结果显然出乎郭嘉的预料。

"人类的情感并没有统一的算法，有些人的爱是加法，一开始可能很平淡，但是慢慢相处也能修成正果；有些人的爱是减法，也许一开始爱得不能自拔，但是日积月累的矛盾最终会使他们分道扬镳，情感是不能预先计算的。"

"原来还要在算法里加上随机性这一项啊。"郭嘉若有所思地自言自语道。

"这一切到底是怎么回事？"我转头看向天明。

"这是一场实验，你原本都知道的，只是那段记忆被删掉了，你是制造代替人类想象力和情感机器的试验品。"

"那琦玉呢？"一想到他我就咬牙切齿。

"他在你休眠后不久，把他的大脑又和彤彤的大脑换了过来，这差点儿害死了彤彤，现在琦玉已经被关起来了。"

我们先去旁边的房间看了彤彤。

彤彤躺在病床上显得很虚弱，闭着眼睛，额头上满是汗水。

"咳、咳。"彤彤咳嗽起来，那一双水灵灵的大眼睛慢慢睁开了。

看到是我，她慢慢地转过了身。

"彤彤你别难受，还有我呢。"我向前走去，想拉住彤彤的手。

"其实我不喜欢你，我也没什么值得你喜欢的。"彤彤把手缩回了被子里。

"不，你值得我喜欢，我朋友不多，是你把每天有趣的事讲给我听，也只有你愿意陪着我一封一封地写信，是你让我的生活充满了快乐。"

"你也知道我做了什么，那都是骗你的，其实我只是为了你的地位。"彤彤显然是哭了，一句话断断续续地说了半天。

"我不知道，你也不知道，咱们回到最初吧。"

"回不去了，有些事情做了就回不去了，有些心思动了，就再也不能像原来一样了。我会把这段记忆消除的，陪我一起删了吧，我不想在你眼里是那个样子。"

"可是如果咱俩都删了，那还怎么在一起？"

"有缘再见。好吗，云梦？"彤彤转了过来，脸上满是泪水，我知道那泪是为我而流的。

"我答应你，我们不久后一定还会在一起的，下段故事见。"我装作轻松地朝彤彤笑了笑，弯下腰用手擦去了彤彤脸上的泪痕。

"我走了，你保重。"我不想看到彤彤因为我如此痛苦，便赶紧离开了病房。

"那琦玉怎么办？"天明一出病房就向我问道。

"我不想以后再见到他。"此时在我心中他的事已经不重要了。

"杀了吗？你想怎么折磨他？"天明给我列出了种种酷刑。

"不用，把他转移到别的基地吧，把记忆消除掉，不要让他再和我与彤彤相关就好。"

"真的就这样吗？他可是那样……"

"不用了，放过他也是放过我自己。对了，我想让你帮我办一件事。"我想到了不久后的将来。

"你说，只要我能办，赴汤蹈火在所不辞。"天明突然跪了下来，让我有些不知所措。

"等我删除了记忆后提醒我看一下记忆档案，我会记录删除了关于彤彤的记忆，这会让我至少能注意到她。"

4. 东西宇宙

一阵剧烈的晃动让我和彤彤醒了过来。

"不要看了，不要看了！"彤彤说着把记忆体扔了出去。

我不知道是什么让彤彤如此激动，但我猜彤彤看得比我快一些，后面一定有什么不想让我看到的记忆。

"我不看就是了，有你在就好。"我抱住了彤彤。

困住我们的正方体依然在往上升，我们现在在木卫二星稀薄的大气里，不一会天空中出现了银河系联盟的母舰，正方体载着我们飘了进去。

我们见到了统帅。

"其他人类在哪里？"我质问统帅。

"明天他们会来欢送你或者欢送彤彤。"统帅貌似很尊敬我，他并没有因为我的态度而生气。

"或者，什么意思？"我手指着统帅问道。

"要么彤彤去死，要么你去死，这是最后一个实验。"统帅身旁的卫兵貌似要冲过来教训我，但被统帅制止了。

"我去死。"虽然我不知道他们会用怎样残忍的手段，但是为了彤彤我还是毫不犹豫地答应了。

彤彤没有说什么，只是抱着我一直哭。

"押下去。"统帅挥了挥手。

"把你的头发给我一根。"彤彤在我耳边轻声说。

我拔了一根，交给了彤彤。彤彤拿出了一个小盒子装了进去。

"我走了。"彤彤听到后死死抓着我的手，但两个卫兵强行拉开了我们。

这一夜比我想的要好过，我被两个卫兵押到了母舰里政府人员的房间。

"到了，你就在这里休息一晚吧。"一个卫兵对我说。

"是，云将军好好休息吧。"另一个卫兵附和道。

那卫兵立马给它使了个眼色，两个人赶紧走掉了。

我坐在沙发上扫视着房间，一种难以言喻的熟悉感油然而生，但是我却什么都想不起来。

第二天早上，母舰抵达了地球。

卫兵押着我走出了母舰，底下满满的全是人类，他们跳着，喊着，挥舞着双臂。

"啊，我的同胞，我终于又见到你们了。"我的心里呐喊着。

我终于见到了他们，在人群中我被押着走向基地。

"你这个叛徒！""人类的败类！""侵略者的走狗！"他们对我喊着。

我感到很奇怪，不知道为什么他们要这样说我，不过他们并不敢做什么，人类现在已经和家畜无异了。

步行进了基地后，我见到了天明。

"他们要把你扔进黑洞。"这是天明对我说的第一句话。

"你能告诉我为什么刚才那些人要那样说我吗？"死亡已经成定局，这是我现在最关心的问题。

"走吧，路上说。"天明拍了拍我的肩膀。

从基地出发，天明开着飞船载着我驶向黑洞。

"现在能告诉我了吧？"我问天明。

"你还记得管理人类的三人政府吗？第一是统帅，第二是郭嘉，第三其实就是你，人类被统治后曾经秘密组织过一场革命，那场革命就是被你镇压的，而我就是你的手下。"

"可是在原来的基地里那么长时间我怎么什么都不知道。"我现在才发现我不知道我活了多久，不知道过去发生过什么，我什么都不知道。

"你是被培育出来建造想象力和情感机器的，那个基地里全部是被消除记忆后的人类，本来实验后你可以继续做你的将军的，可是你遇到彤彤后就好像变了一个人，原来的你比郭嘉还要忠诚，但是现在你却变成了反叛者，不过他们确实很尊重你，扔进黑洞是他们处死伟人的方式。"

"快到视界了，不能再往里了。"我看到了前方巨大的黑洞，被撕碎将是我最终的命运。

我穿上宇航服跳出了飞船，黑洞的引力将我拽了过去，越来越快，越来越近……最终我到达了黑洞的中心。

然而就在一瞬间，我又被巨大的力推了出来，在我的面前有两艘飞船，离我近的那艘飞船将我吸了进去，驾驶员背对着我，看样子是一个很年轻的人类女性。

"这是哪里，你是人类吗？"我怀疑我已经死了，这也许是我临死前的幻想。

"等等，终于搞定了。"这个人的声音给我一种难以言表的亲近感，总感觉在哪里听到过似的。

"那是谁？"我看到对面的飞船爆炸了。

"那是我的爱人。"她转了过来，这是一个身高一米六左右的人类女性，娃娃脸，大眼睛，长睫毛，樱桃嘴，留着蓬松的蘑菇头，穿着小礼服、超短裙、甜甜圈长筒袜、小皮鞋。

"为什么要杀了他？"我记起了这个声音，这是在亚特兰蒂斯博物馆里那个让我疯癫的声音。

"因为你，我不得不杀了他。"她说话的样子真让我陶醉，每一举手投足都充满女性的魅力，我感觉她是我见过的最美的女性了。

"咱们不认识吧？"我突然感觉很紧张，就像一个青春期的少年。

"有一些事情你需要知道，其实这个宇宙分两个部分，一部分叫东宇宙，另一部分叫西宇宙，这两个宇宙由黑洞连接起来。你那个宇宙叫西宇宙，里面全是硅基生命，而在东宇宙里全是碳基生命，每一个种族的碳基生命在进化到一定阶段后新出生的胎儿都会显示出迷人的对称性，所谓对称性，就像'1'与'-1'，物质与反物质一样，你与我就是这天生的一对。你我是不可分开的，左没了，右便失去了左的意义，右也是这样。"

虽然我没听太懂，其实也没怎么听，我看着她有点入迷。

"你叫什么？"她说着抓住了我的手。

"叫……叫我云梦就好。"她的手有一种不真实的触感，像冰一样顺滑，但却充满热量。

"我知道你喜欢这样。"她说着把我的手抬了起来，五指顺着空隙滑入我的指缝。

"你怎么知道？"这应该是我和彤彤的小秘密。

她踮起脚，那柔顺的头发贴着我的侧脸，轻声说道："我知道你的一切。"

眼前这位美得不真实的少女以及她所说的东西宇宙，都让我有一种巨大的荒诞感，"浮生若梦，若梦非梦，浮生何如？如梦之梦。"我仿佛听到了庄子的痴笑。

5. 背叛

平静下来后，我突然想起了彤彤，彤彤一定认为我已经死了。

"我想去找彤彤。"我不知道哪里来的勇气竟然对着这个刚刚救了我，并且为了我杀死了自己爱人的女人提出了这个要求。

"哦，谁是彤彤？"她愣了一下，原本满是笑容的脸上出现了一丝迷惑。

"是我在那个宇宙的爱人。"我默默低下了头。

"哈哈哈……"她很奇怪地笑了出来。

"好，我答应你，我会把你送回去，但是你要做好准备，那里已经过去了二百年，穿越黑洞会在其中停留一百年。"

她的态度让我很害怕，生怕里面会有什么阴谋，我于是想转移话题，我抬头看见了一幅照片，定睛一看，居然是我和她的合影！

"你为什么会有我和你的照片？"我哆哆嗦嗦地问。

"那是我和我爱人的合影，他是你的克隆体。"她说话还是那么平静。

"那为什么要杀他，你和他在一起不就好了吗？"

"怎么可能那么简单，虽然是克隆，但是基因的变异也是不可避免的，克隆体没有与之相对称的生命体，所以我才直接杀了他。

121

我会送你回去的，你不用考虑我。"她看出了我的心思，把头转向了另一边。

她走了几步坐到驾驶座上说："坐稳了，我们要进入黑洞了。"

我们又朝黑洞飞去，转眼间，我们又回到了天明送我的那里。短暂的飞行后，我们来到了地球，我们在地球上空寻找着原来的基地。

找到基地后，她对我说："现在底下还是半夜，我直接把你传送过去，戴上这个项圈和我保持联络，你去把她带出来，我会给你们一艘飞船。"她转身就要去操作仪器。

"我还不知道怎么称呼你呢。"我很想感谢她，但是我知道她要的不是这个。

"叫我雯雯就好。"她笑了笑，那笑是那么自信。

一瞬间我又回到了熟悉的走廊里。

"云梦，她在307号房里，左面的圆盘形房间。"雯雯在飞船上帮我观察着这里。

我注意到门口有血迹，就在同时门突然开了，原来是我的手不小心按在门口的掌纹识别器上了。

客厅里彤彤走了过来，我激动地张开双臂，没想到彤彤并没有过来，她站在了离我几米远的地方。

彤彤回头对着卧室里说："我不是叫你去销毁了吗？"

卧室里的人回答说："我送到克隆人销毁中心了，又回来了吗？

别管他了，快来睡觉吧。"

彤彤边往卧室里走边说："真是的，我不想再见到他了。"

嘭，门关上了。

只留我待在原地。

"回来吧，咱们走吧，这里已经不需要你了。"雯雯的劝说打破了尴尬的沉默。

"我不甘心，我要问问她选谁。"我疯狂地怒吼起来。

"其实你不必这样的。"雯雯还在小声劝着我。

听见了我的吼声，彤彤赶紧走了出来，另外一个人紧跟着也走了出来，我顿时感觉天旋地转，他是琦玉。

"小心，云梦，那个矮子（琦玉）有武器。"雯雯提醒我。

"这个克隆体坏掉了，我去把他报废掉吧。"琦玉说着就拿出一把激光刀朝我走了过来。

"慢着，我不是克隆体，黑洞不过是传送门，我没死，我回来是接彤彤走的。"我说着把这段时间的记忆体交给了彤彤。

彤彤看着我，面色阴沉，她把记忆体又递了回来。

彤彤小声说："你走吧。"

"彤彤喜欢的是我，你快滚吧，真是没眼色，当时不过是让你去做替死鬼而已。"琦玉又是那一副小人得志的样子。

"好，我走。"我说着抬起拳头就朝琦玉打去。

"别动！"彤彤正拿枪指着我。

"二百年了，我整整想了你二百年，你走吧，我们各自安好。"彤彤说着慢慢放下了枪。

"云梦小心！"雯雯大喊。

琦玉从腰间掏出了激光刀向我砍来。

就在这时彤彤开了枪，琦玉瞬间化成了灰烬。

"我欠你的已经还完了。" 彤彤朝自己开了枪。

我瘫倒在了地上。

雯雯也来到了房间里。

"本来可以不用这样的，何必要强求。"雯雯想把我拉起来，但没有成功。

雯雯："走吧，事已至此改变不了什么了。"

"我还想看一看卧室。"我想寻找一些关于我的东西。

我走进卧室，粉色的房间里，高高的书柜，毛茸茸的地毯，角落里她最喜欢的毛绒玩具摆了一大堆。

"雯雯，你帮我扫描一下这里有没有关于我的东西。"我还心存幻想。

"有，柜子最顶端的盒子里。"雯雯显得有点儿失落。

"我踮着脚取下了那个盒子，打开盒子后首先看到的是我写的那封情书，那是我们第一段故事的情书，翻了半天都是我写的信，突然我看到了彤彤的日记本。"

"别看了，回来吧。"雯雯居然哭了起来，她拉着我的胳膊想要阻止我。

"看一下吧，我还不知道她怎么看我呢。"

突然雯雯一下子把我推倒在了地上。

"你还觉得不够吗？你能往前看吗？彤彤都死了，你难过了吗？我告诉你，你和她的基因根本不合适，你不过是喜欢原来的你自己罢了。你是想借着彤彤的名义来显示你的爱有多么伟大罢了，你根本就不喜欢她！"

虽然我不想承认，但雯雯说的没错，我确实没有伤心，我甚至因为彤彤为了救我而杀了琦玉感到高兴。

我和雯雯临走前烧了这一切，包括那本没看的日记。

我们又回到了飞船上。

"你想去哪儿？"雯雯又恢复了那温柔的样子。

我看着雯雯的眼睛坚定地说："我想去一个很远的地方，只有你和我，我想用时间去真正地爱一个人。"

文 / 优育王子 / **老人乐园**

"再干个一年，我就能退休了，到时就享福喽。"五十九岁的普通公司职员老陈在年夜饭的饭桌上对家里人说道。他喝了点酒，红光满面的。

"可是爸，我会想你的。去年妈才去了'乐园'，明年你又要走，我还得再熬个三十多年才能再见到你们呢。"在一旁，老陈的女儿陈丽的眼中流露出依依不舍。

"正好我就能去陪你妈了，她这一年该想我了吧？哈哈。"老陈说完又喝了一大口酒。

此时老陈七岁的小外孙发话了："外公，你要去哪里呀？是不是要和外婆一样不见了？我不要外公离开，外公别走。"

"哎，乖宝贝，"老陈摸了摸小外孙的头，"外公呀，明年要去一个叫'乐园'的好地方，陪你外婆去喽！那里呀，什么东西都有，想要多少好吃的就有多少！而且你想要的玩具呀，应有尽有。"

"是吗是吗？那地方在哪里呀？"小外孙歪着头，眼睛放光，天真无邪地问道。

"这……这个。"老陈有点尴尬了，似乎他有点解释不清。

"'乐园'呀，是在一个很远很远的地方。"这时，陈丽帮着老陈回答了儿子的问题。

"那我也能去吗？"小外孙接着问。

"当然了，我的小宝贝。当你长得跟外公一样大，就可以去了。"陈丽温柔地抚摸着儿子的小脑袋。

老陈也在一旁笑呵呵地看着，想到再过一年就能见着自己的老伴，心中自然期待万分。又想到自己的同事老张今年三月份就能走了，正好是过完年不久，真是让老陈不由得羡慕起来。

春节长假结束，上班第一天，老陈像往常那样来到了自己的办公室。

"哟，老陈，长假过得怎么样啊？"同办公室的老李已经先到了，开口向老陈打招呼。

"能怎么样，还是老样子呗。"老陈一边说着一边把自己的皮大衣脱下来搁在一旁的椅子上，接着坐下来打开了自己的电脑。

大约过了半个小时，他看到对面座位始终空着，不禁有些疑惑，便向老李问道："这老张上班一向准时，也从不爱请假，怎么今天……"

"嘿，我也正想问你呢。他不会是看离自己退休就那么几天，所以不来了吧？"老李说。

"这你就想多了，我们辛苦大半辈子，不就是为了一个去'乐园'的资格嘛。老张总不可能翘掉最后几天的班，让自己去不了那地方吧？"老陈对此也挺纳闷的。

这时，老陈看到了一篇关于"老人乐园"的新闻，便点了进去。

"你看这新闻，"老陈一下子就被这标题吸引住了，"'老人乐园'今年将迎接全球二百九十七万新居民。"

"咋的啦？这有啥稀奇？每年不都有这个新闻吗？"老李并没有感到多少稀奇。

"今年老张也在这二百九十七万里面呀，明年就该轮到我喽。"老陈兴奋地说着。

"唉，我还得再等个三年呢。"老李也露出羡慕的目光。

面对日益严峻的人口老龄化问题，政府与知名科技公司 MAXMAN 公司合作，在多年前推出了所谓的"老人乐园"计划。

而这个 MAXMAN 公司目前已经是全球最大的企业。

通过"DD"系统，将六十岁以上退休后老人的意识导入一个名为"老人乐园"的虚拟世界里，而老人的躯体则在现实中被毁灭。在这个世界中，无论是想去欧洲度假旅游，还是在小区公园里遛狗，抑或是在图书馆里安静地看书，只要人们能够想到的事情，在这里是没有什么实现不了的。而且给这些意识注入与之对应的记忆，通过联机的方式让这些意识能够互相交流。

VR 技术在五十年之前就已经非常发达，MAXMAN 科技公司能够开发出这个系统也不足为奇。人们多沉溺于虚拟世界无法自拔，当然，在现实中人们还是必须努力工作才能获得在这个世界上生存的资格。

一开始反对的声音自然有，不过后来政府发布了很多"乐园"的宣传视频，并且健全了相应的制度和法律，反对的声音便逐渐被压下去了。

现今，人们对这个虚拟世界趋之若鹜，这也是另一种意义上的永生。但这个"乐园"也有个较大的缺陷，就是里面的老人无法与现实世界中的人碰面交流，必须等到现实世界中的人退休进入"乐园"之后，他们才能团聚。

"也不知道这老张什么时候来。要不，你去打个电话问问？"老李提议道。

"嘭"的一声，就在他们二人闲聊之际，办公室的门突然被撞开了。

老陈和老李伸头一看，原来是老张啊。不过，老张的样子着实让人吓一跳，脸上脏兮兮的，头发也乱成一团，衣服更像是被狗给咬过一样。这个模样与平时的他大相径庭。

如果不是相识多年，老陈二人指不定以为这是哪个垃圾堆里爬出来的流浪汉呢。

"怎么了老张，你这……啥样子啊，发生什么了？"老李意识到事情反常，说出来的话也哆哆嗦嗦的。

"没时间解释太多了，我尽量长话短说。"出乎意料的是，老张的语气却格外冷静。

老张快步走到办公室中央，急促地说道："你们以前有没有想过，人类的意识到底是怎么样进入'乐园'的？"

这个问题问得莫名其妙，老陈二人捉摸不透这老张到底想要说什么。

"这脑机对接技术方面的事问我们，我们也不懂啊。"老陈觉得这些都是年轻人知道的东西。

"那好，我现在就来揭露'乐园'的真相吧！"老张深吸了一口气，"实际上，到那边去的人，并不是真正的我们！"

"你这……这是什么意思？"老李被吓到了。

"我们的意识和记忆，通过系统在电脑里也复制了一份完全相同的。然后，现实中的我们就真的死了！真的毁灭了！而那些去了虚拟世界的人，只不过是我们意识与记忆的复制品罢了！"老张激动地说出了这句话，拍了拍老陈的肩膀，额头上青筋暴突。

"什么？"老陈与老李异口同声地叫了出来。

"最可怕的是，那些复制品到现在都浑然不觉，还以为自己就是以前在现实中的自己！"老张说完，整个人都虚脱了似的，颓然地倒在了椅子上。

"真的假的？那你是怎么知道这事的啊？"老李紧皱眉头，问道。

"是啊，你快说说！"老陈也在一旁催促，手心捏了把汗。

老张正欲张口，只听"砰砰"两声枪声，老张的胸前瞬间多了两个醒目的窟窿。他难以置信地看着自己的身体就这样从椅子上慢慢滑落。

鲜红色的血从老张的胸口慢慢流出，老张就这样被人射杀了！

"啊！"老陈和老李没见过这种场景，都吓得惨叫了一声。况且死的还是共事多年的老伙计。

这时过道里响起一阵脚步声，从门口奔进来几个手持枪械的人，看装扮像是警察。"报告，目标已击毙。"其中一个在后面说道。

"你、你们这是……"老李慌得不行。

两个警察走到老张的尸体旁边，一人抬着一边将他抬了出去。

"哦，我们是在追捕嫌犯。他刚刚和你们说过什么吗？"那个警察从口袋里掏出自己的警察证说道。

"哦，哦，是……是警察同志啊，他刚刚——"

"他……他刚来这边，还没来得及说什么就这样了。"老陈赶紧出言打断了老李。

老陈的双腿抖个不停，不过联想到之前老张所说的话和他的遭遇，老陈不得不让自己冷静下来。老陈总觉得这发生的一切都显得不那么真实。

"是这样的，我们还要调查，需要你们去公安局配合一下。"那个警察说道，看来是想带老陈和老李走。

"我们……我们没干什么呀。"老李急得不行。

"没什么大事，就是去走个形式。"警察轻描淡写地说道。

"应该没什么事。"老陈也在一旁安慰老李，其实老陈的内心也很忐忑。

公司里的其他人，还有保安，就像看不见这些人一样，还有那辆警车，如果从外面看它的窗户完全是漆黑的，故意设计成这样也是可以理解的。可是老陈上了警车才发现，在里面透过车两侧的窗户也看不到外面。这多少就有些恐怖了。

"警、警察同志，我们这是要去哪儿啊？"老李战战兢兢地问道。

"别多嘴。"警察恶狠狠地回答。

老李只能乖乖地闭上嘴。

车子开了十来分钟，老陈心里越来越不安。他感觉自己的预想没错，这辆车根本不是去公安局。

完了！老陈心想，这下可咋整啊？该不会是要灭口吧？

正当老陈胡思乱想之际，车外"砰"地响了一声。

"我们车队中弹啦！"坐在副驾驶的警察大喊。

紧接着又是"砰砰"两声，伴随着车胎在地面上摩擦的尖啸声，老陈他们乘坐的这辆车急刹在了马路正中。

"准备迎击!"警察全都下了车,瞬间枪声四起。

另一端的路边,几个身穿黑衣的人,拿着冲锋枪对着警车一顿扫射。

"还等什么?赶紧溜!"老陈一看有机可乘,便想拉着老李跑。

"这、这到底是怎么回事?"老李一辈子只在电视上见过这种场面,现在早就被吓傻了。

老陈一看老李样子不太对劲儿,二话不说就拉着老李出了车外。

可是老李的脚已经被吓得走不利索了,老陈也没有那么大的力气拖着他。

"老李!你振作一点!快跑啊!"老陈也无计可施,只能尽量拖着他。

"不好,他们想逃!"一个警察发现了逃跑的二人,把枪口对准了他们。

说时迟那时快,只见一颗子弹从那个警察的枪口射出,老李应声倒地。

"啊!天哪!老、老李!"老陈的牙齿都开始打架了。一天之内,连续两个同事在自己眼前被击毙。

那个警察移动了一下枪口,再度瞄准了老陈。此时的老陈呆立在原地,完全没办法动弹了,背上直冒冷汗,眼看着他即将中弹身亡。

就在这千钧一发之际,一个身着黑衣的男人不知道从哪里跳了出来。"砰砰砰"枪声响起，那个警察就被这个黑衣男子击毙了。

黑衣男子轻而易举地拎起老陈，顺势一扔把他丢进附近的车里。黑衣男子迅速上车开走了。

"可恶！"远处的警察破口大骂。

"大侠饶命啊！"而此时在车内的老陈已经吓傻了，语无伦次。

"你别紧张，"黑衣男子淡淡地说道，"我先问你，你身上怎么会有老张的发信器？"

"发信器？什么发信器？"老陈一脸疑惑。

"等到了地方再说吧。"

车停了，眼前是一间房子，四周看起来非常荒凉。

下了车，黑衣男子带着老陈进到房子里。

"大侠，这、这里是……"老陈问。

房子里很明亮，六七个人正围坐在桌子旁，男女老少都有，年纪大的和老陈差不多，年轻的只有十几岁。

"欢迎来到'反乐园同盟'。"黑衣男子在一旁说道，"你身上既然有老张的发信器，想必已经知晓了所谓'乐园'的真相吧？"

"难道说真的是这样？"老陈惊道。

"看来你已经知道了。"黑衣男子说道，"我希望你能加入我们……"

"爸！你怎么在这里？"黑衣男子话正说到一半，就被一个女声打断了。

老陈定睛仔细一看，什么？这不是小丽吗？

"小丽，你怎么也在这里？你不用上班吗？"真没想到老陈的女儿陈丽居然也在场。

原来，在一个月前，老陈的女儿陈丽无意中点开了一个网站的链接，网站的标题是："老人乐园"是真实的吗？一开始，陈丽只当这又是什么吃饱了没事做的人的阴谋论。但是当她点开几个视频看过之后，她的世界观崩塌了。里面全都是有关脑机对接技术的内容，之后的说辞就十分令人信服了。随后，陈丽联系了当地的"反乐园同盟"，加入了这个据点。

"没想到他们这么没有人性，想到妈就这样被他们给害死了，我就加入了这个组织，公司也不去了。"陈丽说道。

原来是这么回事，老陈心想。

"爸，你还有一年的时间，我们一起逃脱他们的抓捕吧！"陈丽激动地说道。

老陈心中五味杂陈，心心念念的"老人乐园"、期待已久的与老伴的重聚竟都化为泡影了吗？老陈张了张嘴，却说不出来话来。

"其实那些人不是警察。"黑衣男子又开口说道，"他们只是装扮成警察的样子罢了，他们全都是 MAXMAN 公司的人。"

"事实上，政府已经被 MAXMAN 公司控制了，现在也只是傀儡罢了。"黑衣男子继续补充道。

没想到 MAXMAN 公司已经可以一手遮天了！

老陈想到之前幸好从 MAXMAN 公司手中逃了出来，否则也是凶多吉少。

之后，老陈更换了手机号，以前的单位和家是不能回了，MAXMAN 公司的人肯定都在监视着。

过了一个月，那些人还没找上门来，老陈仍然不敢掉以轻心。

这一天，老陈接到了陈丽的电话。

"爸，不好啦！小宝不见了！"陈丽在电话那头慌慌张张地说。

小宝指的自然就是陈丽的儿子，也就是老陈的外孙。

"怎么会啊？学校老师那边都问过了吗？"老陈也十分焦急。

"问过了，他们也都不知道啊！"陈丽已经急得快哭出来了。

"你先别急，再去问问，我也想想办法。"老陈只能这样安慰陈丽。

这个电话刚挂断，老陈又接到了另外一个电话。

"喂，你是？"

"我是那边的人。"电话那头悠悠地说道，"听说你在'反乐园同盟'里，是吗？"

"你、你想怎么样？"老陈的心一下子提到了嗓子眼。

"你的宝贝外孙现在就在我们手里，只要你过来，把那组织的据点和成员名单告诉我，我就放了他。我先给你看看他。"说完，屏幕上显示出了老陈外孙正在愉快地玩电子游戏的画面。

"你们太卑鄙了！"老陈气得浑身发抖，几乎站立不住。

"地址在××××，来晚的话，我可不会保证他会怎么样。"电话里还在威胁他。

老陈别无他法，只能匆匆赶到那个地址。

"我已经把据点地址和名单都给你们了，你们可以放了我外孙了吧？"老陈屈辱地对眼前的男人说道。当然，自己女儿的名字并不在名单里。

"嗯，很好。"房间里的男人说道，"那你就可以去死了！"说完就掏出了一把手枪对准了老陈的脑袋。

"什么？你居然骗我？"老陈心中愤怒无比。

"哈哈，你真是蠢呀，今天就让你死得明白些。"男人缓缓地说道，"其实我们根本没有开发出所谓的脑机对接技术，老人到了六十岁就全部滚到地狱里去了。什么永生乐园，什么人类天堂只不过是个幌子，是个骗局罢了！"

关于"老人乐园"的一切果然都是假的。

"我们怎么可能蠢到养那么多没有劳动能力的废物呢？感恩吗？那这代价也太大了。你们到了六十就得去死，这就是你们这帮贱民的命运！而我们这些公司里的人却能在现实世界里安享晚年，安安稳稳地过完这辈子。"

"你们这群恶魔！"老陈的眼珠都快瞪出来了。

"随你怎么说吧。现在你可以去死了！"男人扣下了扳机。

"砰"的一声响，子弹从枪膛中急速飞出。

啊啊啊啊！

老陈猛地从床上惊醒。

"怎么了你？"老陈的老伴听到叫声，急匆匆地走到房间里来看。

怎么回事？我在哪里？怎么在自己床上？老陈心中想道。

难道这之前发生的一切只是个噩梦？

"没、没事。"老陈回答道。

"欸，对了，咱们的女儿小丽呢？"老陈又问道。

"你在说什么呀？小丽还得过个三十几年才能过来呢！"

三十几年？

"你说什么？"老陈惊道，"这是哪里？"

"你今天怎么回事啊，一惊一乍的，这里是我们家啊。"

"我是说，"老陈咽了咽口水，试探性地问道，"这里是'乐园'？"

"我看你日子过糊涂了吧？我们已经在'乐园'里生活一年了呀。"

什么？！

老陈茫然地看着自己的手，陷入了深深的沉思。

文 / 优育王子 / **循环**

1

星期一

　　周泉今天有点反常。平时嬉皮笑脸的他今天却变得沉默寡言。上课也不怎么活跃了，下课的时候也只是一个人静静地待着，别的同学找他，他的态度也很冷漠。这与平时的他大相径庭，就好像变了一个人似的。

　　我才没有特别关注他呢，只是恰巧我和他小时候在一起玩过，又碰巧从小学到高中都和他在一个班而已。啊，不要想歪了，我和他不是那种关系。而且自从进了高中，也没怎么和他说话了。

　　我叫林雪，现在在沐音高中就读。当然，周泉也和我在一个班。

　　周泉这个人给我的印象一直就是无忧无虑、没心没肺的样子，所以他今天的表现才引起了我的注意。

　　其实我不是很在意他的事啦。不过，人类的好奇心驱使着我不断猜测他身上到底发生了什么。

难道是家里有人去世了？我想来想去只有这个可能了，其他的事估计他也不会太在意的。那我该如何安慰他呢？之前从来没有这种经验啊。嗯……先找个机会和他搭上话吧。

到了中午，不少同学都到食堂吃午饭去了。我走到他的座位旁轻轻地问道："那……那个，你今天怎么了？"

他抬头看了我一眼，脸上透出疲倦，瞳孔没有焦点一般，有气无力地说道："算了吧，别问我了。"

这下我就来气了，都还没说什么就要赶我走吗，还是因为这里是教室，旁边还有人，不方便说？

什么嘛，这么转，算了，我不管他了。我转身就要走。

"跟我来。"出乎我的意料，他却又猛地站起来抓着我往教室外走。

啊，他怎么那么大胆，居然就这么抓着我的手腕。

"你……要带我去哪里？"我问他。

"去楼顶说吧。"他说。

"你到底想要说什么？"到了楼顶，周泉却又一言不发。

"其实我本来不想说的。"他的欲言又止令我很不爽。

"你到底怎么了，有什么不能说的？说出来我说不定能帮你呢。"我说。

"帮我？"周泉干笑了两声，"恐怕你帮不了我。"

"你还没说是什么事呢，怎么就断定我帮不了你？"

他又望着我："说出来你一定不会信的。"

"甭管我信不信，你倒是先说呀！"哎呀，真是急死我了。

"我看先这样好了，明天早上我给你一封信，信里写的是有关明天的预言。"他说。

"什么鬼，你以为自己是预言家吗？"

"明天你就会知道一切了。好好观察明天班级里发生的事，我都会写在信里。等到明天放学了再拆开看，看看到底是不是一样的。明天放学了我会等你的。"

什么嘛，搞得那么神秘。

星期二

早上周泉如约将信交给了我。周围不知情的同学还以为是情书，一个劲儿地在旁边瞎起哄。

今天准备好好观察班级里的情况了。

其实也没什么好观察的，就是很普通的一天而已。老师、同学都按部就班地上课，并没有发生什么特别值得记录的事情。

那我如果在班级里做出我平常不会做出的事情，他这封信里也会记载吗？突然冒出的这个念头让我觉得有点兴奋，然而我到最后放学也没什么行动。

146

白天过得很快，转眼间就到了放学时间。

其他同学都陆陆续续地回了家，而我和周泉约好在放学后继续讨论。

我迫不及待地打开了他给我的信，读了起来。

先大致扫了一遍，上面写得很细致，每节课有什么内容，老师点名点了谁起来回答问题，等等。

渐渐地，我发现不对劲儿了，这里面的事细致得不正常，连我没有注意到的事，他都写上去了，仔细想想好像真是发生过这样的事。

我看完信封里的内容之后是有点被吓到了，为什么他能事无巨细地写出来？难道说周泉真的有预知未来的能力？

"怎么样？"周泉不知道什么时候站在了我的身旁，把我吓了一跳，"你该相信了吧？"

"你是……怎么做到的？"我反问他。

此时教室里就只剩我们两个人了。

"这对你来说可能就是天方夜谭。简单来说，事情的真相就是我被困在这两天的时间里了。"

"被困在两天的时间里？什么意思？"

"意思就是：我只能重复星期一到星期二的生活，永远也无法到达星期三。当我星期二晚上入睡后，接下来的那天又会回到两天前的星期一早上。"

"你的意思是说，你在两天之后又会重新回到今天？"

"对，而且是不断重复这个过程，周而复始，永无止境。"

看着他认真的神情，我也觉得他不像是在骗人。

"好吧，我姑且相信你。那我问你，你从第一个循环到现在已经过了多久了？"

"我不记得了，很久了吧。"他回答道。

"你是体会不到这种痛苦的，我现在只剩下绝望了。"看着他忧郁的神情，我很想安慰他，却又不知道该说什么。

"那你……有没有试过做什么来逃出这个循环？"我问。

"我当然做过，"他回答道，"有好几次，我故意不睡觉，在星期二的 23 点 59 分看看到底会发生什么。结果到了零点，手机上的时间就变成星期一了。"

"还有一次循环里，我和你说了这些事，你完全不信，于是我又想了一个主意，"他继续说道，"就是在星期二的晚上，我要求和你待在一起。"

待……待在一起？

"就是和你一起跨过零点，看看到底会发生什么。"

我还以为是什么呢。

"那结果呢？"我此时迫不及待地想要知道之后发生了什么。

"完全是徒劳，等过了零点之后，我看了下手机，发现仍旧是星期一。然而在我眼前的你却像是失忆一般，完全忘了这两天所发生的事，还以为这天是刚刚到来的星期一呢。"

"这……"面对他这种奇妙的经历，我不知道该说什么好。

"我常常在想，我到底是如何经历这个循环的呢？"他又说道，"有一种可能是整个世界都处在这个两天的循环里，其他人都被抹去了记忆，而恰巧只有我保留了记忆。还是说只有我处在这个循环中，其他人都过得好好的？有时候，我无法分辨到底是我疯了，还是这个世界疯了。"

我现在意识到自己确实帮不了他什么。

"一次又一次的循环渐渐使我麻木了。"

"再后来，我想到了自杀。"他继续说着，"但是我始终不敢，我不能保证自己死后是不是还会回到星期一。死了以后人的意识会到哪里去呢，还是就这样凭空消失了？"

讲到这里，他已经跪在地上泣不成声。

我很想安慰他。

"这……这不是还有我吗？"勉为其难地说出了这句话，我感觉自己的脸颊变得好烫。

"没用的，到了明天，你又会忘记这件事。"

平时开朗活泼的他不见了，完全变了一个人。我发现自己其实一点都不了解他。

我也不知道自己是怎么回事，身子就不由自主地蹲了下去，抱住了他："没……没事，还有我在，虽然无法了解你的痛苦，但能不能稍微让我分担一些呢？"

啊啊啊啊，好羞耻啊，我第一次和男生抱得那么紧。而且，我的心扑通扑通跳得好快啊，这是为什么呢？

听到我说的话，周泉停住了哭声，愣了愣，说道："林雪，你……好善良。"

"没有啦，我……我只是，只是……"看见他这么难过，我的心里也是一阵疼痛，"你可以每次循环都来找我商量呀。这样你会觉得很麻烦吧？"

"怎么会呢，我高兴还来不及。"看起来他的心情变好了不少。

这时，我才发现他的脸也是红彤彤的一片。啊啊啊，我差点忘了，我现在还和他抱在一起呢。

"啊，抱歉。"他也察觉到了，不好意思地放开了我。

我们两个就这样站着，维持着这样尴尬的氛围。现在都不知道说什么好了。

"那个，我明天又会回到星期一。所以，我们在这个循环里马上就要分开了。"他又开口了，"我不知道到了星期三你还会不会记得这些事，不过我会继续找你的。"

"嗯，嗯。"我的眼角有些湿润了，"一定要来找我啊。"

"我会的。"他回答道。

出了校门，我们并肩走在回家的车水马龙的街道上。

"好久没有和你这样一起走了呢。"我已经记不起上次和他一起回家是什么时候的事情了。

"是啊，我看你不理我，我就不再自讨没趣了。"

"啊？是我不理你吗？明明是你和其他女生勾搭在一起好不好？"

"是……这样的吗？"好啊，他居然还不肯承认。

"嘀嘀嘀——"突然，一辆黑色小轿车横冲直撞地朝我们冲来。

我只感觉到在我身旁的一只手将我推开，然后周泉就这样正对着车被撞飞到了空中，接着又狠狠地摔在了地上。

大脑顿时变得一片空白，心脏也跟着一阵绞痛，我眼睁睁地看着倒在血泊中的他。

为什么会发生这种事呢？

我这时才察觉到自己的心意，原来我很在意他，很在意很在意。

人总是在失去的时候，才会发现曾经的美好。

如果能重来的话就好了。

······

我从床上醒了过来。

什么嘛，原来刚才是梦啊，不过这个梦也太真实了一点吧。

我顺势拿起枕边的手机看了下时间，只见上面显示的是星期一。

2

星期一

丁零零……

从睡梦中被闹钟吵醒，我拿起手机看了下时间：星期一，7:00。

唉，还是老样子么。

我叫周泉，是一名高中生，却并不怎么普通。

忘了从什么时候开始，我就只能在两天的时间里过着循环往复的生活。

一开始，我感到十分新奇，因为在这两天里发生的事情我全都知道，相当于有了一种预知未来的超能力。老师布置的作业我能很快做完，课堂测验也是几乎可以做到全对，这给了我一种开挂的错觉。

但是到了后来，我已经厌倦了这样的生活。这两天里遇到的人、发生的事，几乎一成不变。我肯定受不了，所以我开始做起了实验。

实验是这样的：证明我的行为对其他事物的发展有没有影响。比如说，在第一天的体育课上，我一直是和同学一起打球，如果我在其中一个循环里不打球了，会发生什么呢？

诸如此类的实验，我做了好几个。得出的结论是：不打球就不打球呗，顶多被同学问一句："你今天怎么不打球了？"

自己的行为只能对当前循环内的事物的发展产生影响，就是说我完全无法改变现状。在某一次循环的星期二晚上，我把家里的水杯打碎。当我再次回到星期一的时候，水杯又神奇地复原了。

没有办法，我接下来就开始寻找别人，将自己的经历告诉他们。最开始是我的家人，然而他们都不信。然后是同学，他们只当我又开了一个玩笑。

万念俱灰之下，我想到了一个女生——林雪。

我和她的关系，怎么说呢？就是小时候在一起玩过，然后小学到高中都在一个班里，倒也是蛮巧的。不过，上了高中之后我和她的接触就变少了很多。

于是，我也告诉了她。在意料之中，她也没有信，我完全没辙了。

经历了多次循环，我累了。就让它去吧，我这么想着。又过了几次循环，我变得愤怒起来，为什么就是没人肯相信我呢？

再后来，我想到了死，但是我不敢。我想我这么下去一定会发疯的。我躲在自己房间里哭泣，拿头往墙上撞。现在的我，真的只剩下绝望了。难道只能在这为期四十八个小时的周期内度过余生吗？

今天仍旧是没有希望的一天。

到了中午，我仍旧呆坐在座位上。

"那……那个，你今天怎么了？"是我出现幻听了吗？我听到了林雪的声音。

抬头一看，真的是她！怎么她今天居然来主动找我了？哦，我知道了，是我消沉的态度引起了她的注意，所以改变了她今天本来的行为。

反正告诉她也没用，于是我回答道："算了吧，别问我了。"

"你这什么意思？"

"……"我没理她。

"你跟我上来。"她好像有点生气了，抓着我的手腕就往教室外跑。

"哎，你要带我去哪儿？"我问她。

"去楼顶说话。"

"好了，现在你可以说了吧。"到了楼顶，她双手叉腰，气势汹汹地说道。

"我……我看还是算了吧。"

"你到底怎么了，家里出什么事了？"

"不是这样的。那好吧，我说，不过我接下来要说的事你肯定不会信的。"我说。

"甭管我信不信，你先说出来呀。"

"简单来说，我就是被困在这两天的时间里了。"

之后，我和她说了有关我在两天里循环的事。但是她始终不肯相信，于是我提出了一个验证的方法：我今天写一封信，里面写着明天也就是星期二在班级内会发生的事，明天早上交给她。等到她放学的时候再拆开看，就能印证我所说的话。

不知道这次循环会不会有所改变呢？

星期二

早上我如约把信交给了林雪。

这一天白天过得比以往都要漫长，我在期待与纠结之中度过了这一天的学校生活。

终于到了放学时间，其他同学都陆陆续续地回了家。

我看到林雪开始打开我的信读了起来。

教室里其他人都已经离开了，我走到了林雪身旁。

看来她已经相信了我所说的话。

"这下你总该信了吧？"我说。

"好吧，我信了。"

接着，我就像决堤的洪水一般朝她吐述着自己这已经数不清到底有多少天的痛苦经历。

"我，难道我的一生就这么在这个时间的囚牢中度过吗？"到最后，我已经跪在地上泣不成声。

嗯？我感觉自己被温暖的身体抱住了，她……她居然抱住了我。

"没……没事，还有我在，虽然无法了解你的痛苦，但能不能稍微让我分担一些呢？"她温柔的话语就像春风一样温暖了我的心。

"你……你真善良。"我一时不知道该说什么，只能把自己内心的真实想法说了出来。

"没有啦，我……我只是，只是……"她看上去也有点慌乱，"你可以每次循环都来找我商量呀。这样你会觉得很麻烦吧？"

"怎么会呢？我高兴还来不及。"

这时我才现在自己还和她抱在一起。

"啊，抱歉。"我放开了她。

我们两个就这样站着。

"那个，我明天又会回到星期一。所以，我们在这个循环里马上就要分开了。"一直不说话也不是个事儿，"我不知道到了星期三你还会不会记得这些事，不过我会继续找你的。"

"嗯，嗯。"我看到她的眼角闪烁着泪光，"一定要来找我啊。"

"我会的。"我回答道。

出了校门，我们并肩走在回家的车水马龙的街道上。

"好久没有和你这样一起走了呢。"她对我说。

"是啊，我看你不理我，我就不再自讨没趣了。"我说道。

"啊？是我不理你吗？明明是你和其他女生勾搭在一起好不好。"

"是……这样的吗？"

"嘀嘀嘀——"突然，一辆黑色小轿车横冲直撞地朝我们冲来。

我只感觉到在我身旁的一只手将我推开。然后，林雪就这样正对着车被撞飞到了半空中，接着便狠狠地摔到了地上。

不！这不可能！怎么会这样？之前的循环里都没发生过这种重大事件啊！

我绝望地看着倒在血泊中的林雪。

对了，这不也是其中一个循环吗？赶紧回家睡一觉，我又会回到星期一，然后一切还是原来的样子，林雪她也没有死。

我慌乱地起身，以最快的速度奔回家。在床上的时间过得很漫长，我到了床上好久才睡着。

……

丁零零……

从睡梦中被闹钟吵醒，我拿起手机看了下时间，只见上面显示着：星期三，7:00。

文 / 优育王子 / **投影**

"丁零零……"下课铃声一响，同学们就从教室内鱼贯而出。

"快跟我来，我给你看个好东西。"一放学，我的好朋友李鸿飞就拉着我朝着旧校舍的方向奔去。

我和他都在当地的沐音高中就读。

"看啥东西？搞得那么神秘干吗？"我问他。

"你去看了不就知道了？"他反问道。

不一会儿我们就到了旧校舍。

"那玩意儿在三楼。"他说道。

"三楼？"

旧校舍一楼和二楼的教室被当作我们学校社团的活动室使用，而三楼则被当作杂物间，平时没人会上去。

顺带一提，李鸿飞这家伙是学校怪谈研究会的社长。他打小就喜欢不切实际的东西。而我却对这些没什么兴趣，硬是被他拉着加入了怪谈研究会。

"就在这里面。"李鸿飞带着我到三楼这间破破烂烂的教室前。

"能有什么东西啊？"

"都说了进去看看就知道了。"李鸿飞此时也有点不耐烦了。

打开老旧的房门，教室内的场景一览无余。

老式的扫把，破旧的桌椅，还有角落的蜘蛛网。我甚至看到有个已经成为废品的地球仪还摆在柜子上。尘埃弥漫在夕阳下的光芒之中。

"咳咳，这里灰尘真多。"我不禁抱怨道。

"这……这是？"突然间，我的视线被一个物体牢牢吸引住了。

在靠窗的座位旁，有一个乳白色的球悬在半空中。半径 3 厘米左右的样子，并不大。

透过窗户的阳光照射在小球上，在它身后留下一条长长的影子。

它在这里出现太突兀，与周围的环境显得格格不入，所以一下子就引起了我的注意。

不过，这可不是什么棒球之类的东西，因为从外表完全看不出有什么缝合线。

"看到了吗？就是这东西。"李鸿飞道。

我原以为这上面有什么绳子吊着，但我走近一看，又伸手在球上方摸了摸，发现并没有绳子，下方也没有东西垫着，周围也没有什么可以借力的东西。也就是说，这个球完完全全是凭空浮着的！

"这是什么东西？"我的声音变得有些急促。

"嘿嘿，怎么样？很神奇吧？"李鸿飞一脸得意的样子。

"这是什么魔术吗？"

"魔术？怎么可能？我昨天发现的时候就是这样了。"李鸿飞说道。

"可是，这不科学啊。一个物体怎么可能直接浮在空中呢？难道说里面有磁铁一类的东西？"

"我昨天也有过这样的想法。"李鸿飞一边说着，一边从口袋里掏出一块磁铁，"这磁铁外面玩具店就有卖的。"

他慢慢地将手中的磁铁靠近球体，然而球体一动也不动。

"我之前试验过了，里面没有磁铁。"李鸿飞说着把磁铁收了回去。

一个物体必定会受到重力的影响而坠落到地上，这简直违反物理常识。这不可能啊！是什么维持了它的平衡？难道它不受重力影响吗？

"那你碰过这东西吗？我有点不敢碰它。"对于未知的事物，我还是怀着一丝恐惧。

"有啥怕的？"李鸿飞说着就摸了上去。

"而且这样随便拉扯它也不会动。"李鸿飞示范一般地想要将球拉向自己身边。

在预料之中，这个小球纹丝不动。

我大着胆子过去也摸了一下，与外表给人的感觉不同的是，这小球的表面竟然很光滑。

"那这到底是什么东西？"我感觉有点跟不上节奏了。

"说实话，就算是我见识过那么多稀奇古怪的东西，这玩意儿我也是第一次看到。我昨天发现它后，回家也查了不少资料，然而还是搞不懂这到底是啥玩意儿。"看来就算是李鸿飞，对这东西的由来也没有丝毫头绪。

我心中也有了一点想法。小球的体积很好得知，只要量出它的半径，再根据公式计算就行。但是小球在这种状态下，根本无法测量它的质量，所以要想知道它的密度也无从谈起。

似乎碰到了一个无法用常理解释的麻烦玩意儿。

"哎，这个球，怎么感觉比昨天看到的要大了一点？"李鸿飞出声打断了我的思绪。

"大了？"我问道。

"嗯，我感觉确实大了一点，不过也有可能是我的错觉。我去拿根尺子量一下。"

"半径 3.5 厘米。"量完之后，他说道。

"那你有没有跟其他人说过这个小球的事？"我问道。

"哪能啊，我第一个告诉的就是你。"

"那别告诉其他人吧，这个东西确实古怪，知道的人越少越好。"

"行吧。"李鸿飞的回答中还带着一丝不情愿。

这个小球就像是独立于这个世界之外的存在，静静地就待在那里，哪儿也不去。

这一天，我心中怀着巨大的疑惑回了家。

第二天放学后。

"4厘米！"量完小球半径的李鸿飞激动地说道，"果然是在变大！"

一个物体，质量不变，体积变大，那么密度就是在变小。

不对不对，这小球不能用常理判断。况且这种情况下连质量都测量不了。

在接下来的两天里，小球每天都在变大，而且基本上是半径每天增加半厘米。现在半径已经变到5厘米了。

这个小球就像有无穷的魔力一般吸引着李鸿飞。一有空，他就跑到那间杂物间研究那小球。

而我却已经过了刚开始的那股新鲜劲，虽然对小球还是挺好奇的，不过解答不了的问题，也没必要钻牛角尖。

"我似乎已经有点头绪了。"这天回家路上，李鸿飞对我说。

"真的吗？这小球到底是什么？"

"再等几天，我还在验证。"他说道。

又过了几天，小球竟然开始变小了！

"我觉得我已经知道这个小球到底是什么了。"这天，正好是社团活动时间，李鸿飞在怪诞研究会的社团活动室里对我说道。

现在社员就我们两个，社团根本没人加入。

"真的？快说来听听！"

"它其实是某个四维物体在三维空间的投影。"他说道。

虽然李鸿飞说的每个字都是中文，但是我却完全听不懂。

"你在说啥？"我想自己的脑袋上方肯定冒出了很多问号。

"这几天我查了很多资料。"他说，"唯一合理的解释就是这个了。虽然这东西只存在于理论之中。"

"所以你说的到底是啥？"

"别急，听我慢慢解释。"他说，"你知道我们生活在三维空间里吧？"

"这我当然知道，长、宽、高，三维嘛。"

"那二维空间也很好理解了，只有长宽，没有高度，是一个平面。"

"嗯，这我也可以理解。但是这些跟这个小球又有什么关系呢？"我问。

"我再来解释一下四维空间的定义。这里面其实涉及弦理论，

165

我就不多说了。"

"四维空间？"我从没听说过。

"在三维空间里，有三对方向：前后，上下，左右。这三对方向两两成直角。举个例子，你看看房间的墙角就能明白是怎么回事。而在四维空间另有一对垂直于这三个方向的主要方向。简单来说，就是同时垂直于 x, y, z 轴的一对方向。"

我在脑中模拟了一下，发现很难想象得出来这个所谓的四维空间。

"仔细听好我接下来说的话。"李鸿飞说，"先设想一下，在你面前有一个小球和一张纸。"

"接着让这个球的底部触碰到这张纸。"他继续说道，"那这张纸上将会出现什么图形？"

"是一个点。"我说道。

"没错。再假设这个球可以穿透这张纸，让它继续往下走，这张纸上会出现什么图形？"

我试着设想了一下，其实相当于用这张纸截取这个球的一个截面，那截面肯定是一个圆了。

"是一个圆吧。"我答道。

"对，然后再让这个球持续往下走呢？这个圆将会越变越大，直到半径达到小球的半径为止。"他说。

这，难道说……

"紧接着，这个圆就会开始变小。再然后，会变成一个点，最后消失。以上就是这个球在二维空间投影的全过程。"李鸿飞眉飞色舞地说着，"也就是说，我们在杂物间遇到的那个小球也是同样的道理。"

同样的道理？

"类比思维，类比！"他一边解释还一边比画着，"姑且把这个四维物体称为'超球体'吧。'超球体'在三维空间的投影就是这样的：一开始是一个点，然后是一个慢慢变大的球。等到这个球变到最大，接着会慢慢变小，最后消失。"

我的脑中慢慢整理着这些信息，基本上和杂物间那个小球的情况差不多。

"这种说法听上去还挺有道理的。"我说，"但还是感觉太玄乎了。"

"毕竟也没有别的解释了。怎么样？我觉得这简直是二十一世纪最伟大的发现！"李鸿飞激动地说道，"我得想办法在这个小球消失前再好好研究研究。"

"研究？怎么研究？这东西太玄乎，还是离它远一点比较好。"

"你懂什么？"李鸿飞驳斥了我，"说不定能把这个小球当成去四维空间的踏板呢！"

"得了吧你，又在想这种不切实际的东西。"

"你说，要怎么办才能进入四维空间？"他又问道。

我想了一下，说："那我就如法炮制，用类比思维。想象有一种在平面上存在的二维生物，它们该如何进入三维空间？"

"在它们的概念里，没有高度，方向只有两对，眼睛只能看见点和线。"李鸿飞说道，"在它们眼中，一个圆慢慢变大接着变小就会像是这样：首先出现一个点，接着点变成直线，直线慢慢变长，随后变短，到最后又变成一个点。"

"再设想一下，如果一个二维生物从它原本的二维平面进入三维空间，它会看到什么？"我说。

"还是点和线，"李鸿飞回答道，"因为视觉限制的关系。不过它所看到的不是它原本二维平面的点和线了，而是无限的其他平面的点和线。"

"同理，"他继续说道，"如果你到了四维空间，看到的还是一个个面的组合。不同角度可以看到不同的面，也就是可以看穿三维空间的一切。"

"这个，等一下，这段我有点不懂，为什么到了四维空间就能看穿三维空间的一切？"我问他。

"嗯。"李鸿飞寻思了一下，"怎么说呢，那我还是用类比思维来解释吧。"

"比如说，这张纸上画有一个正方形。那么在这张纸上的二维生物看这个正方形只能看到一条或者两条线段，因为其他的线段被挡住了。"他继续说着。

"那我们呢？我们可以直接看得出这是个正方形。这正方形的每一条边我们一眼就能全都看到。也就是说，对于我们来说，可以看到二维平面的一切细节。"

"你现在说的这些我都理解。"我说。

"那我们再类比三维物体。比方说我们面前有个不透明的立方体，如果我们笔直正对着看它的话，那么就只能看到一个正方形。那是因为其他的五个面被挡住了。"

"这个我也能理解。"我说。

"那不就成了。"李鸿飞拍了下手，"就好比我们能直接看到在二维空间的正方形的完整的四条边，从四维空间看三维的立方体也是类似的，能一下子完整地看到这个立方体的全部六个面，就连立方体的内部也能看得一清二楚。也就是说，你一眼就能看穿这个立方体。"

"这……这也太神奇了。"

这些东西确实超出了我的想象。

我虽然理解了这些概念，但是很难想象出来。可能因为我只是一个三维生物的原因吧。

"啊，真想去四维空间看一看呐。"李鸿飞感叹道。

"随便你吧。"我对不切实际的李鸿飞也没什么好说的，"但前提是你能去得了啊。"

这之后，我对这小球已经没什么想法了，而李鸿飞对它的兴趣却越来越浓，每天在它周围搞那些所谓的研究。

"没事吧你？不要研究得走火入魔了。"这两天李鸿飞的精神状态越来越不对劲，我有点担心他。

"我好像知道去四维空间的方法了！"李鸿飞却答非所问。

"怎么可能？你说来听听。"我当然不会相信。

"这是个秘密，等这小球消失的时候你就知道了。"他说。

真是的，干吗搞得神神秘秘的。

又过了几天，小球越变越小，大概很快就会变没了吧。

这一天，李鸿飞没有来学校。

他不会一直待在那间杂物间吧？

我趁着午休的时间，来到了旧校舍的杂物间想要一探究竟。

"不……不见了！"

教室还是那个教室，小球却已经不在它原来待的地方了。

小球就这样消失了，好像它从没来过这里一样。

消失的不止小球，还有李鸿飞。他从那天起就失踪了。

我之后再也没有见过他。大概他是去了四维空间了吧。

文 / 邹思枸 / **秘密**

"报告长官，发现前方星球有硅基低阶生命体存在！"

"向总部报告，静置观察。"

"是！"

被称为长官的生物坐回了椅子中，失重带来的不适早已被岁月冲刷得一干二净，它透过舷窗，与宇宙对视着，感知从宇宙深处传来的一缕安逸。

"离开总部……多久了？"

沉重的叹息回荡在几近空旷的舰体内，它大约计算了一下，以自己的生命而言，已经过去五分之三了。

这艘本用于征服、用于侵略的战舰，也早已被时光打磨得没了身上的戾气。

它想起了曾一起工作的同类们，那时的它还年轻，同战舰里的智能系统一样富有朝气，身为战舰上年龄最小的一个，同类对它宽容，但又不失严厉。

现如今，它成了舰上最后一个活着的生物。

时光已逝，流年不在。

它又叹了口气——这是它对于回忆的唯一表达了。

宇宙容不得伤感，容不得思忆，只有不断地前进，前进，再前进。

而自己刚才的那番心理活动，若让总部知道，怕是要和那个家伙一样被放逐的吧。

宇宙中，埋藏了太多的秘密。

它望向硕大的屏幕，星球早已从较稳定状态转为稳定状态。庞大的生物踩在自己的低阶同类身上，仰天长啸时浑厚的声音震撼整个星球。

"看来已经有'你我意识'了。"它嘟囔了一句无厘头的话，转向了身后。

"总部有消息吗？"

"编号 E3572 星球审批通过，静置观察。"依旧是系统富有朝气的声音。

"以后有消息尽早汇报，不要等到我问时才做出答复。"边说着，它让椅子将自己带回了舷窗旁，周边飞速掠过的物体让它一阵眩晕，"再向总部发一条消息：该星球已进化出中低阶生命，目测为碳基生命，是否毁灭？"

"长官，尽管这是一句可能不必要的提醒——但依据碳硅战争期间我方发布的条例，发现碳基生命应立即尽数消灭。"

"去请示一下，以免那些专家学者想做活体实验……"说到这里，它顿了一下，"立即执行。"

"是！"

声音消失，一切重归寂静。

"消灭吗？……"它想着，盯着屏幕上不断演化的生物——依旧是庞大的身躯，敏捷的动作。

典型的碳基生命。

"你不会明白的。"

突如其来的一声令它一惊。旋即，它反应了过来。

不过是幻觉罢了，熟悉的，阔别已久的，来自那个家伙的声音。

已经分别多久了？

它继续与宇宙对视着，迷幻的光影中，它仿佛又看到了那个身影。

"你不会明白的，至少现在的你，不会。"

这是那个家伙在被放逐前说过的话。

记得那时，2358 号已被查出有严重心理疾病，极为多愁善感的病症加上不断传播的危险思想使它不适合在这艘战舰上继续生存下去了。

"放逐，立即执行。"这是总部给出的答复。

那时舰上的同类们都知道，放逐大约是最仁慈的一种死刑执行方式了，相比被固定于一处，将自己变为这艘随时都可能被毁灭的战舰一部分，显然，还是在宇宙中漫无目的地漂泊要好一些。

墨守成规？那不过是低阶硅基生命乐意做的事罢了。

那时的它也是这么想。

可惜，那个受惠者却持着相反的态度。

"放逐……居然是这个惩罚……"那家伙在最后一次进入休眠期前便一直在念叨，"我们硅基生物在那些碳基生物眼中完全是一个贪婪好战的种族，哪怕我摒弃了自己的天性去选择和平与安宁。但在那群生命看来，我与你们并无异处。

和你们的不同让我成了你们眼中需要铲除的异类，而在那些碳基生物眼中和你们的不同又会让它们起疑心，进而这种思想又会使它们用对待你们的方式对待我。死后的灵魂与躯壳在宇宙中流浪，无依无靠，这在你们眼中居然是最仁慈的惩罚。世间本无地狱，亦无天堂，两者的区别不过是内心的看法罢了。"

末了，那家伙进入了最后一次休眠期，而它却一直疑惑着——

灵魂？躯壳？地狱？天堂？

那是什么？

直到那家伙休眠期结束，它才得到了答案，只不过那是一个令它更为不解的答案。

"哦，那是部分碳基生物的想法：我们的思维同我们的肉体是脱离的，思维即灵魂，肉体即躯壳，死亡后肉体留在世间，思维去往另一个世界——地狱或天堂。那些碳基生物认为符合它们行事准则的生物可以去往美好的天堂，反之则坠入充斥着罪恶的地狱，仅此而已。"

"真可笑，思维和肉体居然是分开的。"记得当时它这样评价了一句。

"这是那感性碳基生物的理解。不同的生物对这个世界的理解是不一样的，本无可笑不可笑之别。可惜，总部不这么想。"

它愣了一下，旋即想起了对总部的质疑也是病症的一种表现。收起自己的不解，它带着那个家伙进了放逐舱。

"再见。"那是行刑时它唯一能说的话。

"唉，希望不见。"那家伙叹了口气，"你不会明白的，至少现在的你不会……"

最后的声音被关闭的舱门隔断，他看着那个家伙飘出舱体，沉默着，迅速远去，成为众多星体中暗淡无光的一员。

那时的它竟感觉宇宙中那些发光体也和那个家伙一样，是众多被抛弃的生命。

是了，远去的其实是它们，而非那个家伙与众多星体。

是它抛弃了那个家伙。

宇宙依旧璀璨，埋藏了太多秘密。

"报告长官！"又是那个富有朝气的声音，它赶忙收回了思绪——"怎么了？"它问。

"总部下达命令，毁灭，立即执行。"

"收到。"它回道，椅子立刻将他带到了操作台前，又是一阵熟悉的眩晕。台前的他等了一会儿，拿捏好了时机，启动了引力装置，捕获了一颗从舰体一侧掠过的小行星。

舰体立即发出了一个小船舱。船舱载着众多小机器人直奔那颗小行星，挖掘，深入，很快完成了对小行星的改造。

"发射！"不知对谁的一声命令后，它关闭了引力装置，船舱带着小行星迅速飞离舰体，在精准的计算下直奔 E3572。

不多时，大屏幕显示了它想见到的一幕——火山喷发，海水沸腾，空气中回荡着那些低阶生物的哀号。

大屏幕还很贴心地捕捉到了那些碳基生命的表情——那般惊恐的神色，令它难以忘记。

也是，面对这样的神迹，那些碳基生命只能臣服。

"这次消灭行动还算成功。"它思索着，令椅子将自己带回了舷窗旁："向总部报告，初步消灭已完成，询问是否需要二次消灭。"它顿了一下，"我即将进入休眠期，若有来自总部的消息立即唤醒我。"

"是，长官！"

迷蒙中，它想起了不久前的一次战役。

那是一场发生在高阶碳基生命与高阶硅基生命之间的战争——在那场突如其来的战争中，它扮演了一位存在于碳基生命间类似间谍的角色。

战场上，战舰发出的攻击舱体被碳基生命轰得粉碎，更别说内部的生命了。

而它则趁着敌人还沉浸在胜利的欢愉中时独自脱离了碳基生命的群体，驾着残破的战舰悄无声息地离开了战场。

"那场战争是高阶碳基生命对高阶硅基生命的一场掠夺。"事后，它在给总部的汇报中这样评价道，"请谴责那些虚伪而可悲的碳基生物。但好在战舰攻击力、防御力都很强——至少整个舰体保存下来了。"

"你做得很好，即便如此，我们的损失仍然惨重。" 这是总部给出的答复。

但好在总部并没有追究它的责任，只是待修好舰体与内部残留舱体总和的百分之八十后便令它起程，继续对宇宙的探索。

再然后，它来到了这里，刚刚摧毁了一个文明。

如果那个只有"你我意识"的低阶文明算是一个文明的话。

它的意识似乎正从那场战争中抽离，突然间场景坠入了一片黑暗。

耳畔，又是那个熟悉的声音响起。

"你这是在用阴谋侵略。"那个家伙的声音传来，"和那群碳基生命无异。"

"侵略只是为了让自己变得更强大，至于阴谋……兵不厌诈。"它回答得很平静。

"但那却是以其他生物的灭亡为代价。"

"那又怎样？我从未厌恶过那些碳基生命的侵略，只是反感那群家伙的虚伪罢了。生存是个体乃至种族最基本的欲望或是要求。"

"……"冗长的沉默后，那个声音再度响起——"每个种族都是虚伪的。就连你们……好吧，包括我也一样，但每个种族都有生存下去的权利。"

"我们并不是虚伪的，在战争中的阴谋并不能算是虚伪的，只是一种策略罢了。"它想反驳，但没有好的例子，只得转移了话题，"想要权利，那就自己争取。而那些碳基生命，即使它们的运动与演化速度很快，但由于缺乏长久的生命，向我们争取这份权利着实很难。"

"但不要忘记上次的战争，我们的损失已不能用惨重来形容。"

"上次是上次，那些碳基生命的发展与我们持平，速度还比我们快了不少。"说到这里，它顿了顿，"这次不一样。"

"是吗？希望你一会儿还能这么说。"

它突然结束了休眠期——这是很少见的。

不安从内心深处传来，迅速扩大，发展，直到表露。

"好，这次给你一个机会。"它暗想，用意识输入给系统一个算法——"派一对机器人到 E3572，找到一群上面残留的生命，告诉那帮家伙，算法算至第五轮时世界末日会到来的消息。要求立即执行。"

"收到。" 还是那富有朝气的声音。

地球，公元前 3144 年。

呼唤，跪拜，一直祈求的神祇终于出现了。

如血的残阳悬在天边，怪异的剪影显得异常高大——

"我是拯救你们的神。" 充满了金属质感却富有朝气的声音响起，神台下的嘈杂平静下来，人群屏气凝神，以最虔诚的姿态接受着神的恩赐。

祭祀的手微微颤抖着，激动的泪水夺眶而出——"万能的神啊，您终于听到我们的呼唤了。" 它这样想。

"我赐予过你们生存的技能、独特的文化，让你们享受阳光雨露的恩惠。现在，我要赠予你们一套庞大而精密的算法。"

"这个算法可使你们精准地预言末日的到来，届时，我将拯救众民于水深火热之中……"

地球，1999 年。

"预言家诺查丹玛斯曾预言的世界末日将于今年 12 月 31 日到来，该消息已由日本人五岛勉进一步肯定，今年 8 月 18 日，天空中八大行星将组成十字架形状，预示着上帝对人类的惩罚……"

"不会的，神是不会出错的……" 电视上的雪花忽明忽暗，玛雅文明隐藏的不知第几位长老眼中闪着狂热的光——"2012年，是2012年，神会拯救我们的。"

"启动引力装置，改造小行星。"地球时间1999年，它对系统下令。

"收到！"

"交由系统毁灭目标，放弃星球，迅速逃离——禁止回复！"

这是它刚刚收到的来自总部的回复。

总部可能出事了。

"小行星改造完成。"那个富有朝气的声音道。

"发射！"没有犹豫，这次，它对智能系统一声令下，"准备逃离！"

小行星同上次一样，带着死亡的威胁朝着E3572飞去，茫茫宇宙中，一个文明的覆灭是那样平常。

"收⋯⋯"

智能系统的答复被干扰！慌乱在舰体中弥漫了开来，舷窗外，那群高阶碳基生命的舰体清晰可见。

来不及了！它将意识强行接入了智能系统——"反击！小行星继续⋯⋯"

给小行星"继续消灭"的命令还未下达完便被接二连三的干扰束打断，它连忙操作反击系统，所幸那颗小行星像是明白了什么，继续向着E3572前进。

寂静，强光，时间定格。

湮灭。

"想要权利，那就自己争取。"

"希望你一会儿还能这么说。"

一束强光！整艘战舰被击成了碎片，宇宙中绽放出最灿烂的烟火——就像曾经的舱体。

只不过相较那次，这次的烟火更为壮烈。

强大的冲击力使得破碎的舰体伴着小行星一同飞向了 E3572，宛若一个群体，脱离了宇宙的孤独。

又是强光！小行星也成为碎片，燃烧着冲入大气层，冲向 E3572 星球上面积最大的国家……

"长官，那颗星球上的硅基生命需要处理吗？"

"不必了。"高阶碳基生命的战舰里，被称为长官的生物一脸凝重地望着那颗泛着蓝、充盈着艺术感的星球，"先不干扰了，它们的等级太低，让它们多了解一下宇宙吧，真的没有想到我们这一次追踪打击会碰巧找到中阶的同类。对了，发现中阶同类这件事别忘了向上级汇报。"

"是！"令人安心的答复，"那些低阶硅基生命呢？"

"暂时成不了大气候，不用管了。"

长官目送自己的部下离开了自己的舱室，转身面向广袤的宇宙。

没有生命知道它在这时想起了曾经在一次任务里见过的一个高阶硅基生命。

那次任务里，它为一个身为间谍的硅基生命布置了一个充斥假象的骗局。

"世间本无地狱，亦无天堂。"

它叹道。

地球，俄罗斯，2013 年。

来自宇宙的残骸袭击了俄罗斯的这座城市，玻璃震碎，混合着人群惊叫的声音。

就如曾经的恐龙一般。

小行星也算是完成了小部分任务，只是这完成的部分实在太小，小到与它的原任务相比甚至可以被忽略的地步。

而它则与它的战舰残骸拖着 E3572 号星球大气留给它们的尾巴，扎向了深海。

"看！有流星！快许愿！"岸上，似有惊喜的声音传来。

尸体承载了心愿，沉没了。

　　它只觉自己降落在了一片混沌中，身边是它熟悉的智能系统。对面是那个被它放逐了的家伙。

　　"何谓生命？世间万物皆为生命。"

　　"死亡即新生。"

　　"世间本无地狱，亦无天堂。"

　　那个家伙道。

　　它突然反应过来——根本不存在什么放逐，只是它放逐了另一个它——一个在某次任务中诞生的新思想而已。

　　或者用 E3572 号上的中阶生命的话来说，是另一重人格。

　　这次放逐，还牵扯到了总部，浪费了一个放逐舱。

　　就连看到的那个远去的身影也是虚幻的，或者说是某种意义上的虚幻。

　　是它欺骗了总部，欺骗了自己。

　　它抛弃了另一个自己。

　　下一秒等待它或者它们的是游离在时间之外长久的黑暗。

　　一切湮灭在时间的长河中。

　　了无痕迹。

文 / 邹思桐 / **生，以济万秋**

"编号 J1369521 意识接入。意识成功生成，姓名济万秋……"

毫无感情的声音出现在我的脑海，至于声音后面说了什么，我已忘记。

只记得睁眼时看到的是一片白色，闪着光的白，白得耀眼。

不过视力很快便恢复了，我眨了眨眼，看着面前的三个人。

两名人类男性以及一名人类女性。

"您好。"我略显生硬地说出了那两个字——人类日常交往所用语言的代表。

"你好。"三个人中最年轻的一位起身，径直走到了我的面前，一双棕色的眼睛闪着光，充满了好奇，"我叫倪哲贤，是你的意识设计师，请问你对我有印象吗？"

"印象……是指回忆吗？"我有些疑惑。

"姑且算是。"他没有绝对肯定或是否定，"你可以看下济万秋二代发生的事——二代就是指……上一个你。"他像是要隐晦地表达些什么。

"好的。"我将大脑中储存的信息检索了一遍：场景变换的事件，画面蕴含的细节，一尘不染的办公室，街道公路，脏乱的住所，死亡，交谈，面馆，生了锈的扶手椅，递来的面包……

还有古楼。

"等等！"我放大了古楼众多画面中的一个——昏暗的背景，我的正前方偏右约 25°。

倪哲贤。

我储存了一下，继续看下去，却只看到一个女孩冲过来的身影，随着一阵虚脱感，世界陷入了黑暗。

这好像是电路被切断后才会有的感受。我思索着，却没有说什么。

好奇的目光沉默着，脸上是温和的笑。

"我去过很多地方，因为某些事被切断了电路。"良久，我回答道。

"那么你记得是什么事吗？"他问。

"具体记不清了，但好像是我公开了别人的隐私，可能还有……诱导人类自杀？"这次的回答除了后面稍有些犹豫外倒是不假思索了。

"那你为什么会被强制切断电路呢？"他又问，温和的微笑从未散去。

"因为我不得随意公开他人隐私——尤其在并非迫不得已或未经同意的情况下。"

"嗯……"倪哲贤仿佛在沉思，"我代替那位人类女孩向你道谢。很可惜，因为某些原因，她今天没能到场。"说着，他眉眼一弯，微侧了身子，"这位是佑隧玄。"他伸手示意，另一位人类男性起身，点头，"他负责你的行为方面的程序设定。"

佑隧玄。我将名字存盘，同倪哲贤一样。

"这位是于维隐，主要设计你的肢体构造——比如你的这副和人类没什么两样的外表。"同样，他示意在场的唯一一名女性。

她摆了摆手，礼节性地微笑，算打了招呼，有几分随和，而我也以相同的动作回应了她。

于维隐，我重复，仍旧是存盘。

"你上次的性格问题修复得很成功。"倪哲贤摁下了桌上的一个红色按钮，灯光霎时熄灭，纯白的墙壁（后来我才知道那是一个监控装置）渐渐隐去，淡金的阳光透了进来。

天空是灰白的——对自己分明很陌生的东西有一种熟悉的感觉真的很奇妙。

我转过了头，看着倪哲贤，却发现他对我一直盯着他的无理举动丝毫不在意。

"有好奇心是件好事——至少能让你更像人。"突然，一直未开口的佑隧玄说话了，只是声音略有些沙哑，像是很久没说话的样子。

"前辈。"倪哲贤低声唤道，摇了摇头。

我突然反应了过来——那个古楼，窗上盖满爬山虎的昏暗房间里，除了倪哲贤和那个女孩，剩下的两个表情严肃的人便是于维隐和佑隧玄。

我究竟做了什么？

"抱歉，我们只能——勉强算作引导吧——一段时间，在这之后你将由一个叫邹棋篌的人负责。"倪哲贤收拾完东西，定定地看着我，棕色的眼中似乎闪着光，"在我们负责你的这段时间，若是你遇上了你曾认识的人——尤其是那个回忆中切断了你电路的女孩，请不要做出类似表明'我认识你'的举动好吗？"

"可以。"我大体明白自己与人类是不一样的，便回答道。

"那多谢了。"倪哲贤的眼中像是有了几分歉意，"先趁这段时间出去转转吧，重温一下人类生活什么的，两个半小时后回来。不要迟到。"

说罢，他便看向门口。而我会意，转身，眼角却瞄到于维隐一个耸肩外加苦笑。

"至少……这三个人给我的感觉不坏。"我心想。

关门，我来到了那个曾经熟悉的世界。

之后的日子也没什么了，无非是各种知识技能的训练，但在这期间，倪哲贤曾多次向我抱怨要把我的性格培养交给邹棋篌来完成。

从他的只言片语中我才知道，邹棋篌虽年纪不大，却已是 B 公司的老总。和上一个我（也就是济万秋二代）做的事有很大的关系。

这间接导致了佑隧玄对我的敌意。

其实，关于上次我做的事还是于维隐告诉我的。我先是离开了公司，一路南下，利用思维诱导让很多人有了轻生的想法并付诸行动。最后，我来到了佑时逅（现在我才知道她是佑隧玄的妹妹，也是回忆里切断了我电路的女孩）所在的城市，并带着不好的目的认识了佑时逅。之后，佑隧玄的团队通过佑时逅找到了我，而团队和佑时逅先后去了我同他们约定的地点——一栋废弃的古楼。

之后，我在古楼里公布了佑隧玄和佑时逅并没有血缘关系这件事，而佑时逅担心哥哥会因自己知道这件事情对他们的关系造成伤害，便决定忘掉这件事。有可能是为了忘得更彻底，也有可能是出于对我的愤怒，她切断了我的电路，自己触电引发了逆行性遗忘，算是彻底给这件事画上了一个句号。

"小佑（佑时逅）和佑隧玄的父母因车祸去世了，当时小佑还很小，所以算是由佑隧玄一手拉扯大的。我承认'拉扯'这个词用得不太好，而博士（倪哲贤）和我都是后来认识他们。我也是孤儿，受邀去佑隧玄那里蹭房子住、蹭学上。博士的家庭倒很正常，初中时他和小佑是同班同学，而佑隧玄曾给他当过家教，只不过比较有槽点的是在一次家长会之后，鬼知道那次家长会发生了什么，好像博士还叫了佑隧玄叔叔。"

那日，于维隐这样对我说，细碎的光斑洒到了纸上，她转着笔，若有所思的样子像是掩藏了些什么。

铅笔的笔芯由深灰转白。

金属光泽。

"所以说，今天告诉了你，这种事情以后就不要再提了，小佑好不容易忘了这件事，你要是触发了她那些回忆就不好了。"于维隐点了点头，预示了闲聊的话题结束。

"其实那也不全是你，或者说二代的错，毕竟当时你是交由邹棋篌培养的——天知道他给你灌输了什么奇异思想——不说了不说了，看书去吧。"她补了一句，伴着手中的铅笔一个漂亮的急停。

好吧，我总算明白他们对邹棋篌以及佑隧玄对我的敌意了。

大约六周，我被要求前往邹棋篌的办公室，以便接受进一步的引导。

"谨记，"临行前，于维隐叹道，"你的名字——汝生，以济万秋。"

说完，她顿了顿。

"这是佑隧玄托我向你传达的，你的名字最初也是……至少有他很大部分的参与吧，严格说是他、小佑和韩邪温一起起的。其实佑隧玄也明白二代的事不是你的错，只是到现在还有些难以接受而已，请你不要太放在心上。

"他还说，在邹棋篌那里，对他传达给你的信息要经过思考和筛选，千万不要全盘接受，走吧。"

她扫视了我一眼，确认无误后和倪哲贤一起，送我走出了我初生的地方。

"您好。"

在于维隐的示意下，我敲开了邹棋篌办公室的门。

开门的人年纪和佑隧玄差不多，只是他的眼神中有一丝极浅的阴郁，但转瞬不见了。

礼节性地送走于维隐与倪哲贤后，他领我进了屋。

与佑隧玄团队摆满资料乱七八糟的办公室不同，邹棋篌的办公室一尘不染——一个酷似实验台的办公桌、一个本子、一支笔、一把椅子和一摞文件便是办公室里的全部物品。

没有电子产品——至少看上去是这样。

"摒除杂念，弱肉强食。"

清冷的声音在我耳边响起，惊诧中我扭头，正对上他毫无色彩的眼眸。

"弱肉强食，这将是我给你上的第一课。"

与倪哲贤等人不同，邹棋篌的引导简直就是强制性洗脑。

接受，服从，执行。

而他的目标似乎也很明确——让我向全人类宣战。

有一些可笑，面对他的"绝对服从"，那段时间的我甚至抛弃了对自我的思考。

对于他的目标，我照做了。翌日，一份全国热销的电子报上刊登了这样一条消息：

R城B公司机器人已脱离公司控制并向全人类宣战。

可笑之极，连我自己都不明白为什么会答应这样的事——是因为奴性吗？

针对这件事，知情人都保持了沉默——倪哲贤，于维隐，佑隧玄……对，还有倪哲贤的好友、和佑家兄妹一起给我取了名字并被邹棋篌看好的另一个团队的领导者韩邪温。

但不得不说，那次的挑战成功地让我意识到了人类大多数的能力有多差，思维有多愚钝。

但好在最后总算有人阻止了我继续配合这场毫无意义的闹剧。

那就是佑时逅。

令大家没想到的是，她用了一些近似无赖的小伎俩赢得了比赛。

不过我愿赌服输。

其实她给我的挑战乍一看很简单——让我成为一名能被她接受的老师，记得当时挑战内容一公布便让整个社会炸了窝。甚至多数人都认为她的行为是出于一种自私，而非怎样为人类挽回面子。

但最终却是我的失败。

因为那种纯粹的、出于我自己的想法而非为完成任务而做事的感觉，我体会不到。

"宣战本身，如果我没猜错的话，也是你的任务之一吧。"那年除夕，她脱下测谎仪，一边穿准备外出的大衣一边对我说，只不过目光从未从邹棋篌身上离开过。

"其实不怨你。"终于，她将目光对向了我，"我勉强算是参与了对你的设计，所以对于你可能存在的弱点也有所了解。其实吧，你们机器人所谓的帮助人类，忍受并纠正人类的一些缺点，本质都是为了完成任务。"

"……"我沉默着，完全不知道回答什么。

是的，她说对了。

"邹棋篌先生，"公司搭建的"见证棚"的门帘被拉开，临走的前一刻，茫茫大雪中，她突然扭头对邹棋篌道，"其实这个问题也不是无法克服，试想一个没有人类的环境，机器人是否还会像现在这样发展便不好说了，但倘若您有哪怕一丝人的良知，我都希望您能停止在人与机器人能力问题上的较真儿。前面那句是我以一个纯理性的人类身份去说的，而后面这句——'如果人类不注意机器人的行事目的，那么终有一天，人类会害死自己'则是我身为一名尚有良知的人给你们提的醒。"

邹棋篌站在昏黄的灯光中，脸上依旧是那副礼节性的微笑："谢谢你，但请容我插一句。你，你哥哥的团队，所有人，真像个孩子。"

"我感谢自己仍有一颗赤子之心。"门帘的缝隙飘来了雪花，棚外呼啸的寒风嘶吼着，"玖巷尘，走吧。"她对在棚中角落里的一个属于她的低级机器人唤道。

"玖巷尘呵……"我听见她低声叹道。

转身，背影便消失在飘着雪的夜色中。

大约三天后，佑隧玄的团队在邹棋篌的授权下展开了一项研究。

好吧，这么说有些轻描淡写了，真实事件应当是这样的。

佑时逅的胜利一直让邹棋篌很愤怒。

"面对强者，要么承认并服从，要么击败他们，代替他们成为强者。"

这是他曾对我说过的话。

很显然，他选择了后者。

也就是说，那个所谓的研究不过是一个阴谋罢了。

况且按照他的性格，做事就要做绝。

于是五年后的某一天，邹棋篌叫上了我，和几位公安人员一同到了佑隧玄等人的住处。

我诞生六年以来，第一次在倪哲贤的住处（他们整个团队加上佑时逅都住在一起）见到了他。

他过了很长时间才打开门。

我有理由相信他做好了准备。在这之前，我给他寄过泡了福尔马林的尸块以示威胁，希望他能停手。

很显然，他并没有照做。

我并不知道他在我们等待的时候做了什么，只知道当他打开猫眼看见我时眼中一闪而过的无奈，就像他抱怨要将我交给邹棋篌负责时那样。

"进来吧。"他打开了门，"不用换鞋了。"

我不知道该怎样面对他。

客厅很大，细碎的光散落在他的深灰色毛衫上，淡金的，有一种难以描摹的温暖，正如我出生的那天。

"别人都不在，只有我，我知道你们为什么会来。"

他没有抵抗，没有否认。

"我知道你们是警察，不必出示证件了。"他微微笑道，"你们需要等到佑隧玄他们回来吗？"

我注意到了他放在口袋里的一只手。那种轻浮的动作很不符合他的习惯。

"你们在进行非法研究。"邹棋篌用明显与他年龄不符的语气语重心长地说，"我身为你们的领导，希望你们能够全力配合警方的工作。"

"尽我所能。"倪哲贤回复得很冷静，温和的语气一如既往。

"警方希望在这里安装监控器，以便监视你们的举动。同时，鉴于你们的研究资料十分难得，所以尽管有违人类道德，但你们若能将资料交出，从轻处罚还是可以的。只是应当注意研究过程当属国家机密，不可外传。"

"还是依法处置吧。"他淡淡地说，抽出口袋里的手，拿起桌上的一支笔写了些什么，"今天我和于维隐休班，佑时逅放假，刚刚她们两个出去了，家里正好没人，不过依照时间来算她们也快回来了。"

黑色的墨迹在纸上流淌，刚劲的行楷让一位警察发出了赞叹。

句号，字迹终止。

倪哲贤轻轻拿起桌上一个精致的球状模型——四个舱室在基座上方悬空并缓缓地转着，只见他将字条压在模型的基座下，又摆弄了几下模型。

那番细致，仿佛在对待一个活物。

"这是……"邹棋篌看着模型，突然问。

"一个小玩意，初中的时候和前辈一起做的。"

仍是温和的声调。

我盯着那个将古典与现代融为一体的模型——倪哲贤流畅的行书竟与它无丝毫的违和，只是当倪哲贤抬起它时，不知是有意还是无意，他在某一个瞬间突然将模型倾倒，对我展示出了基座下刻的字——"意识模拟器"。

那是……他们儿时的梦想吗？

没有人再说什么，长久的沉默最终还是被倪哲贤打断。

"我下周正好有个会议，我可以以此为借口给他们留张字条，至于监控什么的你们自己安吧，如果要搜查东西的话也可以，但请注意不要弄乱或是弄倒时逅房间里的书。"说到这儿，他停顿了一下，"嘴上说我有拒绝权，可要真拒绝了，你们不还是该怎样就怎样吗？"无奈的表情完全显现在了他的脸上，"所以，你们随意好了。"

于是就这样，在倪哲贤的全力配合下，检查工作进行得异常顺利。其实那些警察也只是做做样子而已，倪哲贤这样的反应，换谁都不会觉得这座公寓里装有暗器。

"我上大一那年，父母遭歹徒袭击，走了，但好在同年我找到了工作，而且前辈——就是佑隧玄也让我搬进了公寓——那段时间我很不好过，但……所幸，有了他们给我的温暖的感觉，所以……对我而言，这里更像是我的另一个家。"在警察检查公寓期间，倪哲贤靠近我，对我和邹棋篌说道。不知为何，那时，被阳光包裹着的他眼神竟显得有几分迷离。

"唉，和你说这些做什么。"望着邹棋篌走向检查小组的背影，他苦笑道，"真希望你永远都不会明白。"

沉默再次降临。

"检查完毕！"最后一位警察汇报完后，两个人押着倪哲贤，将他送上了警车。

"哦，请稍等。"临行前有序的步伐被打乱，一行人停下，木然地看着倪哲贤。

"突然想起了些事。"他回头，看着邹棋篌，缓缓道，"代我向韩邪温道个别吧，就说我前几天匆忙递交了辞职申请，和时逅他们一同出国了。"不紧不慢的语速像是会一直说下去，"和他难得朋友一场，突然莫名其妙地失踪也不太好，另外——"他突然转向了我，"济万秋，我还是希望你能像你的名字，也就是佑时逅希望的那样，能按自己的真心行事。"

"汝生，以济万秋。"我在心里默念，无视邹棋篌探究式的严厉目光。

"给韩邪温的话我会带到，但你刚刚对济万秋说的话是什么意思？"邹棋篌顿了顿，"我不允许你让我的机器人误入歧途。"

"仅字面意思而已，再者，济万秋本不是属于谁的物品。"倪哲贤仍是之前那副不温不火的样子，"对于机器人，我，前辈领导的团队都是中立派，至于时逅，她是悲观派。"像是感觉谈话没有进行下去的必要，他转向了身边的一位警察，"你们那边负责审讯的同事有位叫玖巷尘的，对吧？"

"哦……是的。"在与另一位警察对视一眼后，他答道。

"我想见他一下。"又是苦笑，"事先声明我们没有特别关系，只是家里一个机器人和他重名，特地在网上搜了一下，对真人比较感兴趣而已。"

"抱歉，这个恐怕要请示上级。"那人道，"我们不能自作主张。"

"无妨，也让对面二位做个证，以免你们上级怀疑你们。走吧。"他瞥了一眼邹棋篌，转身，熨帖的西装还和以前那样一尘不染。

"总感觉自己像个被捕的贪官。"细碎的光中，我听到他吐了个于维隐式的槽。

上车。

依旧是那副温和的笑容。

看着警车扬起的尘土，我忽然感到处理器一片混乱，像是被打翻在一起的化学试剂，又像是处理器被拧成了螺旋状。我强忍住，不让自己死机。

是的，我有情感——属于人的，各式各样的复杂的情感，只是以往我都在努力克制而已。

"当初设计时我们也考虑过删除你的情绪，但后来想想这样做十分不利于你站在人类的角度思考，如果一味地让你强求利益反而会给社会带来巨大的麻烦。不说这些题外话了，在我看来，情绪的本质就是一个个迷人的化学反应，即便是人类一直歌颂的爱，但也请不要小看了这些化学反应，正因为有它们存在，我们对这个世界的感知才丰富起来，不至于那么无聊。"有一次，于维隐对我说。

"那宗教中的灵魂呢？那也是化学反应吗？"我问。

"我理解的灵魂是人的意识，更像是一种难以观察的量子现象。"倪哲贤突然从书堆中探出头，双脚一蹬地，带轮的办公椅便飞到了

200

打印机旁，"隐姐，麻烦将昨天从我这儿借的书还我好吗？"

佑隧玄坐在电脑前，一声不吭地码程序、整理资料、看书或是趴着睡觉。

以后呢？以后还会有这样的事情发生吗？

我浑浑噩噩地跟着邹棋篌，我们一路无言。

一周后，我从邹棋篌那里听到了除倪哲贤之外，其余三人全部失踪，而倪哲贤则被那位名叫玖巷尘的警察击毙，随后玖巷尘也开枪自杀的消息。

同日，我收到了一封信——那是一封来自已故的倪哲贤的信。

济万秋：

见字如面。

当你看到这封信时，你的程序"后门"（请容许我这样说）已经关闭，同样，我们也离开了。

至于"后门"是什么，你可以去问韩邪温。虽然他可能会因为你的叫法而拿你打趣，不过事先声明，这个后门只有前辈、隐姐、时近和我知道——并没有邹棋篌。

也就是说，当它关闭的那一刻，再不会有人能用那种粗暴的方式控制你了。

至少在现阶段是这样。

第二件事则是关于我的。如果你在这段时间听到了玖巷尘导致了我的死亡的消息，请务必不要对他产生怨恨的心理，更不要对他做出什么过激的举动。

事情其实是这样的：

玖巷尘是N警校的毕业生，该校的一大特点就是在大二时给学生进行一次残酷的训练。之所以说残酷，是因为它的目的根本不是增强学生素质一类的，而是为了让学生能长期地住一次院。

学生住院后，学校会以各种理由对学生进行一次手术，从而在学生脑中安装一个叫"行为干扰器"的东西。其本质就是一个芯片，工作原理是通过放电等行为控制被安装人员的肌肉，使他们做出一些他们自己不愿做的事。

所以，玖巷尘是无辜的，那个消息本身也不该是和他有关的。

（顺带再来个隐姐式的吐槽：玖巷尘绰号老九，是佑时迍的高一同学，也是她高中三年的暗恋对象。哈哈，当时时迍和他坐同桌时没少吐槽他）

最后，也是最重要的，是想给你解释一下那句话：

汝生，以济万秋。

其实原话应该是这样的——汝生，以济人于万秋。

在漫漫的时间长河中帮助人类。

当然，我们更希望的是你能出于自身需要而帮助人类，若是仅为完成任务的话——正如时迍所言，还是算了吧。

我偶尔也会感到很具讽刺意味，分明是我们创造——希望我用"创造"这个词你不会介意——了你，但对于你的诞生，就连我们自己也都持有一种怀疑的态度。

这实在辜负了你对我们的那种如子女对父母般的信任。在此致歉。

很久很久以前，有位叫玛丽·雪莱的作家写过一篇名为《弗兰肯斯坦》的小说，我们担心你会同里面的弗兰肯斯坦一样，因为大众的不理解或是恐怖谷效应而遭到仇视。

届时，你或许会恨人类吧。我们不是太清楚上一代的你到底经受了邹棋僕怎样的培养，但是，在诱导他人自杀方面，希望不是我所担心的事导致的。

不多说了，从今日起，你有了抛开你机器人身份的权利，关闭了后门，你将更有可能成为一个真正的人。

无论你将来会发生什么，请记住：灵魂只是一种量子现象，我们与你同在。

汝生，以济万秋。

愿安好。

来自 倪哲贤

几个月后，我从公司失踪了。在利用我信息库内的隐藏信息对自己进行了整改后，我以一名人工智能方面的导师身份进入了 S 省的一所知名大学。

在那里，我爱上了人类的文化，爱上了戏剧、诗歌……爱上了无数人类创造的瑰宝。同时，我亦进行着机器人方面的研究，凭着对同类的了解，我很快成为行业里的领军人物。

就这样过去了五六年。安逸的日子持续到了我接到军方下达命令的那一天。

他们让我研发一批军事机器人，不知出于何种缘故，我答应了。

倪哲贤，抱歉。

那道鸿沟太难逾越了。

或许这就是我无法成为人的原因。

我创造出了一批机器——一批缺乏独立思考能力的机器。

那是大国间竞争的武器，彰显了人类丑恶一面的武器。

而它们的缔造者，是我。

一个同样缺乏独立思考能力的机器人。

我犯下了大错。

那些军事机器人很容易被人利用。一年前，一个妄图统治世界的机器人群体利用它们发起了对人类的战争。

我之前说过，我对人类的能力一直持怀疑态度。

很不幸，这次也一样。

而又或许这是这个对机器人过于依赖的时代所致的能力低下？

我不知道。

再后来，我从新闻获知邹棋篌，那位年轻有为的 B 公司老总，在一次新闻发布会上被乱石生生打死。

一同的，还有韩邪温。

但令人感到讽刺的是，那次发布会恰恰是关于怎样能使人类打赢这一仗的方案——制造出一种既具有机器人的思维方式又具有人的感性认知的机器人，它们能同时感受人类的渺小与伟大，它们不单单是服务型机器人，而更像是人类发展道路上的一个伙伴，与人类互利共生。

但是，取而代之的是新闻上一幅惨烈的画面——火光、鲜血、哭喊，一切似乎都笼罩在血色的薄雾之下，蒙盖了人类丧失理智后的疯狂。

镜头拉进，出现在画面中的不知名记者用同智商不及大猩猩一般的语言痛斥二人的行径。

殊不知那二人是在帮人类走出困境。

除了邹棋篌和韩邪温，还有好几家公司的领头人也成了恐惧引发的混乱的牺牲品。

我很清楚，领头人倒下了，很快也就轮到我们这些大学里的研究人员了。

不知为何，在那段时间，我总是不由自主地想起那四个人，想起邹棋篌对他们的评价——"但请容我插一句。你，你哥哥的团队，所有人，真像个孩子。"

"我感谢我们仍有一颗赤子之心。"

机器人济万秋早已被时间埋没。无人想起或提及，反倒是"人类"济万秋被认作罪魁祸首，承受着来自舆论的压力。

最终，我利用在一场暴乱中死亡的人的尸体进行了改造，伪装出了我自杀的假象。

在改造时，我想起了那一幕。

那是在一个全球性会议上，那时的我已成为"人"，遇到了邹棋篌。

"济万秋？"他小声对我说，"我曾认识一个机器人叫济万秋。"

"哦，我之前看过报道——好像他想挑战人类。"我不露声色地回复道，"我和它重名，只是不知道那位机器人……最后怎么样了？"

"它啊……"邹棋篌端起了面前的茶杯，不知是否装模作样地呷了一口，氤氲的水汽中我看不清他的脸，"它逃了。"

是呵，我逃了，带了一生的罪孽。

倘若到此为止是我的一生的话。

前几日，我获知最后一位跟随我的博士生在战争中牺牲了的消息。

"为了信仰。"

他在参军前留的遗书中这样写道。

而昨日，倪哲贤他们四人以往住处的所在区域刚刚停战。我前去，企图搜寻些什么。

或许是心灵的慰藉吧。

一片废墟中，发现了一个与周围环境格格不入的东西。

那是一个金属做的球，至少它本应是个球。

它的缩小版应当是倪哲贤临走那天用来压纸的那个模型。

我仿佛又回到了那一天，我第一次来这里的那一天。

"依法处置吧。"平静的语调。

"您好。"我喃喃道。记得我身为济万秋三代的第一天也曾说出了这句话。

"你好。"恍惚间，我仿佛又看见了那抹温和的微笑，以及仿佛充斥着好奇的棕色眼睛。

我与那个球对视着，心里期待着什么。

明明知道再也不会见到他们了。

"意识模拟器。"良久，我念出了它的名字——那个刻在模型基座上的名字。

意识模拟——邹棋篌授权、政府禁止的研究项目。

什么都没发生，什么都不可能发生。

熟悉的混乱感再次裹袭了我，但这次与上次不一样。

至少上次还有希望。

我哭了。

一个会哭的机器人。

多么可笑。

我靠近那个球体——意识模拟器，它分为四个舱室，舱门边还隐约刻着四个名字：倪哲贤、于维隐、佑隧玄、佑时逅。

舱门早已被挤压得变了形，毫无打开的可能。

悔恨，难以名状的悔恨。

如果那一天我制止了邹棋篌的行为呢？

我该怎样制止？

无用的问题！

最终，我将那个球状物运回了我现在的住处并写下了这篇文章。

我的电快要耗尽了，尽管这个小屋里有一台发电机，尽管我的电容电池充电时间极短，耐用时间很长。

但我并不想用它。

我做了一把跨时代的剑——它不属于当今的任何一项技术，剑柄处可感应特殊的物种——他们既不属于人类，也不属于机器人，而是介于两者之间的中立物种。

也就是说，只有那个物种的生命才可以使用它。

剑是以喷射的高压水流作为武器的——关于水流的强弱则可以通过使用者的意识进行控制，剑的名字叫水刃，希望那喷射的水花能涤清我的罪过。

姑且就让我这样安眠吧，让我休息一会儿，我将我的记忆存盘取出——这样，倘若以后有人发现了我，可以尝试唤醒我并读取我的记忆。

到那时，我将为你讲述一个很久很久以前的故事。

吾生，本应济万秋。

树影斑驳下的门被打开，灰尘夹着泛黄的纸张，随着门开而带起的风飞扬。

散落一地。

一切静悄悄的。若是忽略掉屋外的流水声。

门口进来了两个人。其中一人开灯，另一人捡起地上散落的纸。

纸有些脆了，沙沙的声音像是从时空另一头传来。

"呸！"突然，正在读纸上文字的人向地上啐了一口，"战争机器人是高尚的！是不可磨灭的！它们是一个国家的灵魂！"

"……"而另一个人则端详着纸张，沉默着……

"它真的是机器人吗？"良久，他问，"先报告队长吧。"

骂骂咧咧的声音停顿了两秒，同意了。

指令很快传达了下来。"这个机器人将会成为我们在'地球清理'行动中获得的最大的宝物——暂不说它存活时间之长、能力之独特，单凭它创造出我们国家的灵魂便足以为我们所景仰——但由于这个机器人在思想上犯的错误也是罄竹难书，因此，为了它日后的发展，我们应当删除它的记忆，让影响国家统一的毒瘤被扼杀在摇篮里……"

看过要求后，两个人又回到了那间屋子——他们没有找到那把剑，只看到了一台发电机与一张写着"水刃已被带走，我将把它用在合适的地方"的字条。

他们盯着字条，默然无语，不约而同地想起了一个至今仍对机器人帝国有威胁的组织。

这个组织自称为B，也是这次"地球清理"任务的重要打击目标。

而那个组织的首领就有一把近乎传奇的剑。

名曰水刃。

但他们也未再细想下去，只是同机器一般木然地执行着命令。

连接，充电……

济万秋重生了，它茫然地看着眼前的场景。一人不屑地笑，一人皱眉沉思，良久无言。

它只记得自己叫什么，至于它名字背后的含义，它来自哪里，它的过去……

它全忘记了。

直到那一天。

作为雌方的它认识了一位雄方机器人，一天傍晚，它们相约去了一个被宣传为具有历史教育意义的景点散步。

在机器人同类的墓前,它听到身后的一位小机器人问墓碑是什么。

历史系的它组织了一下语言，刚想回答，开口时却听到了雄方的话。

"当时人类军队的失败已成定局，但那群自以为是的暴君竟想负隅顽抗……"

"不是这样的！"它想开口，但雄方丝毫不给它插嘴的余地。

最终，它无法，只得狠狠地拉了一把正滔滔不绝的雄方。

生厌的话语终于结束。

为什么？为什么会这样？

为什么会因这种事而生气？

它问自己。

突然间，一张张熟悉的面孔浮现出来，不知为何，那些被信息处理器判为熟悉的面孔在此刻却带了几分疏离。

对自己分明很熟悉的事物有一种陌生的感觉真的很奇妙。

那是人类的面孔。

"你好。"其中，一双棕色的眼睛带了温和的笑，像是在说。

"您好。"它默念道。

那天晚上，它与雄方分手了。

它好像想起了什么。

当初下达命令的队长不知道，发现它的那两个人也不知道。

一生中，总有些珍贵的记忆，即使删除了，也不会消失。

永远也不会消失。

文／大公／**祈祷**

1

"宇宙即吾心,吾心即真理。"

"眼开则花开,眼闭则花寂……"

一间禅味隽永的狭小茶室中,一个黑发男子盘腿坐在矮几前,手捧半盏茶,慢慢研读着平摊在矮几上的古书。墙角,半支黑檀香正安静地升腾。

"古人所谓的心,即意识。早在六百年前,他们便注意到了意识的作用,发展出了所谓的主观唯心主义哲学……"

"但是,意识到底是什么……它真的像古人所说的那样能衍化出万物吗?又该如何用科学来解释这种神秘又神奇的现象……"

"是电流,还是量子……"男子喃喃自语。

"最近怎么总在想这些奇奇怪怪的问题啊……"

男子摇了摇头,轻抿了一口苦涩的茶水。

"下面插播一则新闻。"茶室的一面墙壁忽然亮起，上面出现了新闻直播间里的场景。

"前段时间一度引起天文界注意的小行星 GZ2050 在今天上午发生炸裂。GZ2050 原先正以每秒二百四十公里的速度向前运动，预计将于十八个月后在柯伊伯带外与太阳系擦肩而过。由于这样的速度在小行星中实属罕见，有学者推测，它的动能可能来自遥远星域中的一次巨大的爆炸。然而令人想不到的是，就在今天北京时间八时四十七分，这颗直径二百公里的小行星因不明原因发生炸裂，数以百计的碎块因爆炸的冲击改变了运行轨道。有天文学家估计，它们中的五分之二有可能越过柯伊伯带进入太阳系，并对太阳系的行星构成威胁，其中包括我们居住的地球，碎块精确的运行轨道正在计算中，炸裂的原因有关方面正在根据哈勃三号近地望远镜传回的视频资料做进一步分析……"

杨智凡放下手中的茶盏。两个孩子在房间里打闹，欢笑声透出房门。

"我去大学里走走，"他对在厨房忙碌的妻子说，"有点问题要思考。"

"早点回来，给你留饭。"妻子的声音夹杂在碗盘的碰撞声中传出来。他关上了门。

外面的风很大，他拉紧了大衣。从口袋里掏出终端，拨通了电话。

"秀夫？"

"杨教授？"一个年轻的声音在电话那头传过来，"这么晚了，您还没有回家休息啊？"

"刚从家里出来，想来看看你。"杨智凡笑了笑，"你看了刚才插播的新闻了吧？"

"您说的是GZ2050吧？"叫秀夫的年轻人回答，"官方的媒体总是很迟钝的。今天上午业内就已经传得沸沸扬扬了。天文系的教授都被叫去开了一个临时研讨会。据说明天咱博士生也要开会。真是无语，好像开多了会，小行星碎块就不会来了一样。"

"你现在方便吗？"杨智凡感觉自己的声音有些嘶哑，"我去宿舍找你。"

"您来吧！"秀夫说，"我这儿正好还剩一点儿黑啤。"

时间接近晚上九点，大街上车流不息。联邦科技大学的校园里倒显得有些萧条。一盏盏惨白的路灯上笼罩着雾气。几个机器人清扫着道路两旁的枯叶。

杨智凡匆匆走到宿舍楼下，门边的一个显示屏亮起幽幽的绿光。他把左手按在显示屏边的有机玻璃板上，显示屏上出现了文字：

联邦科技大学量子物理系教授，杨智凡。

门往两边滑去。一股暖气扑面而来。他略一迟疑，叩响了127房间的门。

门上的猫眼闪烁了一下，一个年轻人打开了门，他戴着黑框眼镜，穿着一件拖地的睡袍。

"有劳杨教授了。"秀夫说。

屋里的陈设很简单，一个落地柜，一张单人床，一个茶几和一张书桌。茶几上有几小罐慕尼黑黑啤和刚刚洗好的酒杯。

"宿舍里没有椅子，"秀夫抱歉地笑笑，"咱们席地而坐吧。"

"没关系的，"杨智凡摆摆手，"读博也是件艰苦的事情。"

两个人坐在地上，举杯对饮。

"碎块会进入太阳系的消息是真的吗？"杨智凡开口问道。

"是真的。"秀夫抿了一口酒，"而且新闻还对事实的真相有所隐瞒，根据初步计算，至少有两块三十公里直径的碎块会撞上地球，落点都在地中海附近。"

"足够精确？"

"不能再精确了，"秀夫把酒杯轻轻砸在桌子上，"我们连碎块之间的引力造成的微小的轨道偏差都考虑了进去。很多权威天文机构的计算结果都一样，十八个月后，地中海将迎来这两位不速之客。"

屋里一片死寂。长时间没有人开口，只有酒杯里气泡咝咝破碎的轻微声响。

"百分之八十？"杨智凡感觉自己的嘴唇有些沉重。

"百分之九十五。"秀夫更正道，"到时候，地球上百分之九十五的生物都将灭绝。这其中包括所有的高等动物，也可能包括所有的高等植物，这里将成为一个被病毒，细菌，真菌和低等植物覆盖的世界。和两亿多年前的那场毁灭恐龙的浩劫一样，地球上生物的体型将再次缩小一个档次。"

"有什么解决办法吗？"杨智凡问。

"有很多设想，"秀夫缓缓地说："比如用一个巨大的纳米材料口袋包裹住高速运行的碎块，口袋上有帆，利用太阳风使碎块发生减速偏转，或者在轨道上造一个巨型高能激光发射器，烧掉碎块。再不行，就用亿万吨级的核弹轰击……"

秀夫顿了顿，脸上露出凝重的神色。

"然而这些设想，无一例外都无法实现。"

"为什么？"杨智凡紧了紧握着酒杯的手，没有人的心情能再平静下去。

"因为速率。"秀夫闭上了眼睛。

"即使发生了碎裂，轨道发生了偏转，GZ2050 每一块残骸的秒速率仍在二百公里以上。目前，靠化学燃料驱动的人类航天器，最大秒速率也不超过三十公里。先别提在一年半中，造出我们所需要的东西是多么困难的一件事，光是航天器定位、捕捉，然后发射到这两块残骸上，都像是乌龟捉兔子，是不可能完成的事情。更不用说激光这些了，我们的技术水平做不出能持续照射直到陨石熔化那么长时间的发射器。"

秀夫掏出自己的终端，打开投影放在桌上，一个袖珍的太阳系和周边区域星体模型被投影出来，木星的大红斑依然耀眼，哈雷彗星仍循着万年不变的轨迹奔向目的地，今天，也只是那颗漂亮的蓝色弹珠上平凡无奇的一天……而在遥远的虚空之外，两个几乎看不见的小点刺痛了杨智凡的双眼。

"人类的科技在地球和近地空间里虎虎生威，但在宇宙力量面前却显得那么微不足道。"他不可抑制地叹了口气，"也就是说，人类的历史只剩下十八个月了。"

"现在看来，"杨智凡哈出了一口酒气，悠悠地说，"是这样的。"

"呵，敬人类！"

两个颤抖的酒杯碰撞，溅起的泡沫模糊了两双通红的眼睛。

2

第二天一早，天气很冷，但风停了。联邦科技大学的路上又热闹起来。杨智凡今天没课便径直来到了量子力学实验室。

量子力学只有一百多年的历史，在其发展的初期和中期涌现出了许多新理论。但杨智凡不得不承认，从自己第一次翻看量子力学的科普文章到成为大学教授的这二十多年来，量子物理在理论上一直停滞不前。目前先进的分子学技术已经能够让人们观测到纳米级物体的衍射图像，物质的波动性理论似乎已经完美了。现在的人们把前辈们提出的理论一一证实，但还是没有人能解释，大自然为什么要玩抛骰子游戏。

"身之主宰便是心，心之所发便是意，意之本体便是知，意之所在便是物。"

不知道为什么，最近杨智凡老往哲学的方面去思考。在得知人类灰暗的命运后，他不可抑制地想起了这句话。

他不是一个守旧的人，他有一种感觉，随着量子力学的发展，大自然似乎将引路的明灯指向了一个让人匪夷所思的方向，那就是人的意识。人类研究世间万物，却似乎从来没有研究过自己研究世间万物的这种能力究竟从何而来。其实早在 20 世纪 60 年代，就有人明确指出，意识也是一种量子力学现象。也有科学家认为，候鸟迁徙的行为中，很可能存在量子计算。可这些都最终停留在假设阶段，无法得到实践证明。

杨智凡曾经想过，如果说有一种非常非常小的粒子决定了人类的意识，那根据波粒二象性的原则，这种粒子在空间中的波的波长就应该很大，那它们就成了目前任何技术手段都捕捉不到的一个隐形的鬼魅。

屋里只有杨智凡一个人。他盯着实验室中央四个保险柜一样的铁箱出神。他又想起了昨天和秀夫的长谈。果不其然，为了维护社会安定，政府封锁了消息。全世界的人都还在过着和往常一样的生活，丝毫不知道他们已经成了癌症晚期的患者。

"人死了之后会去哪里呢？"杨智凡喃喃自语，"或许下葬的死人身体在地球上有一个永恒的归宿，而他们身上的量子系统——意识波化为叠加态在无限大的空间中弥散开来，永远融入时空里了吧……"

"如果意识波弥散到了空间中的每一个角落，那这个死人应该能感受到宇宙中的任何一点的任何一件事情。但因为空间无限大，意识波在空间中每一个点的分布概率就无限小，所以他同时什么也感觉不到。"

"什么都感觉得到，却什么也感觉不到……"他苦笑了一下。但马上收敛了笑容，他看了看面前的四个铁箱，他忽然感觉几个概念在脑子里排成了规则的形状。

量子干涉，意识波，叠加态……

"宇宙即吾心，吾心即宇宙……"

杨智凡的身体突然抽搐了一下，脸因为激动而通红。

"人类或许还有希望……"

他打开终端，手指在虚拟键盘上飞速敲击。

两小时后，他满头大汗地靠在椅背上，拨通了电话。

"秀夫？"

"杨教授！"秀夫的声音很疲惫，"我刚开完会，怎么了？"

"你下午马上到量子实验室来一趟。"杨智凡急促地说，"人类要做的不是战胜陨石，而是战胜自己！"

"好的……"秀夫被杨教授这般奇怪的言论搞得一头雾水，但还是答应下来，"我五点半过去，给你带晚饭吗？"

"一份卤肉饭,辛苦你了。"

3

五点半的时候,秀夫出现在实验室门口。外面的天已经暗下去了,屋内灯光惨白如纸。杨智凡来回踱着步子。

"杨教授,你想到解除危机的办法了?"秀夫开门见山。

"我可能想到了。"杨智凡喃喃道,"但这太玄了,太玄了……就像是……祈祷?"

秀夫愣了一下,随即大笑起来。

笑声暂歇,他凝望着杨智凡道:"对不起教授,我失礼了。您是不是太紧张了,要不要回家休息休息?我们是科研人员,哪会有人靠祈祷解决问题啊。"

"我早料到你会这么说了,"杨智凡摇了摇头,"过来坐吧。"

秀夫坐在一把椅子上,杨智凡按下控制台的一排开关,实验室中央四个铁箱上的显示屏亮了起来 ,绿色的指示灯有规律地闪动。

"这是由质子组成的量子体系,"杨智凡说,"四个氢离子进入纠缠态后,被封装在这四个接近真空的环境里,仪器定期测量它们的一系列状态指数。"

"这是为了论证质子层面的量子纠缠吧？"秀夫马上说，"两年前西欧的机构就已经实验成功了。"

"很对，"杨智凡点头，"事实证明，只要观测其中的一个环境，其余三个环境中的粒子状态也就随之确定了。就好像两个盒子摆在你面前，分别装着一个红球和一个蓝球，在打开盒子之前，你不知道哪个盒里是蓝的，哪个盒里是红的。但只要打开其中一个盒子，两个盒子里的球的颜色就都随之确定下来了。"

"这个实验能说明两点，第一，不论是人造的还是自然的，大的还是小的量子系统，其内部都是相互联系、同时改变的。第二，人的意识在这些改变中起作用，换言之，我们可以通过意识影响铁箱里的系统。"

杨智凡停了下来。

"我不太明白，"秀夫回答说，"我们不去看铁箱里的东西时，铁箱里的东西不也在照常运行吗？人的意识不能对它做出任何改变吧？"

"不只是你，这也是大多数人的想法。"

"生活经验让我们认识到，我们的意识不能对世界产生影响。比如我今晚要离开这个实验室，实验室从我的意识里消失了，但它在世界上依然存在，明天我回来的时候，看到的还是和今天一模一样的实验室。"

"但是秀夫，你有没有想过，其实一样东西从你的意识里消失，

223

它在'你的'世界里也就变成了一种未知态。比如你家里养了狗，外出旅游，你的记忆告诉你世界上有这样一只狗，但因为你无法去'感知'它，你就不知道它是死是活，不知道它的位置，什么也不知道，这只狗就完完全全成了一个未知数，量子力学里，这就叫作'叠加态'，就是未知的状态。直到你回到家，见到这只狗，它的状态才随之确定下来，也就是'坍缩态'，所有的可能性都坍缩到了一个点上。"

"虽然看起来人的意识不能轻易让物体从一个状态到另一个状态，但它可以让物体从未知到已知，从已知到未知，这不是一种很大的影响吗？"

"这像是哲学……"秀夫说，"有什么实验证明吗？"

"很早以前就有了。"杨智凡回答。

"早在 1807 年，杨氏双缝干涉实验就已经可以说明叠加态在微观世界的存在，只不过这个实验的量子力学意义在一百年后才被人们逐渐认识。"

"请继续说您的想法。"秀夫往前倾了倾身子。

"我们来做一个大胆的假设，"杨智凡双手交叠，"牛顿第三定律证明力的作用是相互的，物质理论也证明存在正物质和反物质，那既然客观世界可以影响人的意识，人的意识为什么不能影响客观世界呢？我这里说的影响，已经不再是指从未知到已知的过程，而是更进一步，从一个状态跳转到另一个状态的过程。"

秀夫倒吸一口气。

"您是说……"

"宇宙即吾心，吾心即宇宙，人类的意识也许具有被我们忽视了的强大力量，通过技术手段，意识足以干涉现实！所以我在思考，是否可以运用全人类的意识来毁灭陨石。"杨智凡点点头。

"这简直不可思议，"秀夫眉头紧锁，"就像是魔法，是和常识相违背的。"

"的确，"杨智凡说，"但这个假设能自圆其说，你来看看这个。"

他打开终端，屏幕上有一段简洁的文字：

意识干涉理论基础：

1. 意识是一种波，遵循波的增强和抵消原则。

2. 意识分为潜意识和表意识，两者相生相灭，只有极特殊的情况下，潜意识超过表意识，或者表意识超过潜意识，才能对世界产生影响。（表意识即健康人处于自然清醒状态下时表现出来的意识，潜意识一般在人类深度睡眠时才活跃表现，普通人意识对现实的干涉一般是无意识且微小的。）

3. 自然界是一个稳定的量子体系，意识只是其中的一部分。

秀夫沉默不语。

"能解释常识了吧，甚至一些所谓的灵异事件都可以由此进行科学的解释。"杨智凡看着沉思的秀夫，"不过，这也仅仅是假设，甚至是妄想而已。"

"这让我想到了鸵鸟，"秀夫说，"它们只会把头埋在沙地里。对人类而言，这是愚蠢的。"

"不过我想生物不会进化出无用的本领，"杨智凡回答，"我们觉得没用，是因为我们'看到'。如果鸵鸟的这个行为有着更深层次的意义，比如这是在利用意识作为攻击武器，只有在我们看不到的时候才有效呢？'眼见为实'这个词，在量子世界不一定适用！"

"可是……没有实验依据。"

"是啊，这是一场豪赌……"杨智凡嘴角露出苦涩的笑容。"我们也许可以利用大自然赐予我们最原始的武器，也是目前我们拥有的最先进的武器，为自己赢得生存的可能性，只是可能性。"

4

杨智凡和秀夫被带进埃里克的办公室，落地窗外能看见各国国旗在风中飘扬，最中间的是地球联邦的蓝色旗帜。

"前天失礼了。"埃里克头发蓬乱，双眼布满血丝。他的中文很流利。

"没关系的，"杨智凡摆了摆手，"听到这么荒诞的建议，谁都容易控制不住自己。"

"请再说说您的想法。"埃里克又揪了揪头发。

"在撞击之前，让大多数人进入深层次睡眠，通过仪器把他们的潜意识量子纠缠起来，少数有能力的人用意志进行引导，产生意识波的浪潮摧毁陨石。"杨智凡平静地说，"理论前天已经讲过了。"

埃里克叹了口气，在面前的终端上做着记录。

"联邦政府会帮助你，"埃里克用嘶哑的声音说，"我强调一下，这并不是因为我们相信您的理论，而是因为我们别无选择，科伊伯带外的驻军已经尝试过攻击了……到目前为止毫无作用。而且在睡梦中死去，也是一种不错的死法。"他想开个小玩笑，但连他自己都笑不出来。

"有五百个精心挑选的人会被送入太空，离开地球，作为人类唯一的希望火种，科学家会尽其所能为他们打造最好的设备。其余的九十亿人，"埃里克停顿了一下，"都会按您的想法做。"

时间将近十点，纽约的夜风很凉，杨智凡和秀夫坐在中央公园的长椅上，四周是城市的喧嚣。杨智凡点燃一支烟："我现在才发现，人类对自己的意识的操控能力竟如此薄弱，影响现实需要很强大的意志，普通人可能连这样的意志的十分之一都达不到。"

"所以您才会让大多数人进入睡眠，然后利用庞大人口基数带来的庞大潜意识？"秀夫问。

"这是最好的选择，"杨智凡回答，"如果在生死攸关的时刻，全人类无法形成一股强大的意志洪流，干涉就无法实现。普通人的意志太脆弱，而表意识也太不可控了，所以只能在一年半内对大部分人进行尽可能多的心理暗示,把人们潜意识中的求生欲激发、放大,最后在决战时刻传递给有能力的人使用。"

"您还打算怎么做?"

"寻求宗教界的援助,"杨智凡一字一顿地说,"只有他们拥有这方面的能力。对于很多人来说,尤其是你我,只要是能看到、听到、感觉到的东西,就不可能用意识将其否定。可见,眼见为实的想法已经在我们的心中打下了太深的烙印。"

"真是奇耻大辱!"秀夫挤出干涩的笑容,"科学界竟会落得一个向宗教界求救的下场⋯⋯"

"这只能说是人类自作自受,"杨智凡面无表情地摇摇头,"从伽利略提出实验的基本方法,到最近的这么多年里,我们过分地强调客观,忽略了主观的作用。我们追寻自然的真理,却忽略了自己。"

"您的意思是,客观和主观应该是完全平等的?"

"是的,"杨智凡吐出烟雾,"偏重主观是一种迷信,但偏重客观同样是一种迷信。"

5

世界一如既往,人们的生活并没有太多的不一样。碎块撞击的事情已经传开,但政府宣称,会使用巨型导弹轮番轰击,并有把握将其击碎。没有人恐惧,也没有人感到惊奇。大多数人都已听说,一年半后，自己会被要求戴上特制的装置，进入强制的睡眠状态，因为轰击产生的次声波对人脑有害。全球大范围强制播送的一系列主旋律末日主题影片倒是引发了人们的热议，不过在联邦政府出面解释这些都是为了团结民心、纪念人类第一次齐心协力为未来奋斗而做的系列纪录片后，大部分人都一笑置之。

新成立的秘密机构"意识科学院"总部设在马德里，来自欧美，中、俄、日、韩的科学家和来自中东、印度，尼泊尔、东南亚的僧侣各占半壁江山。穿着法袍的僧人、牧师和教士第一次坐进了科研室，科学家和禅师首次并肩而坐。全世界正在秘密征集一支庞大的队伍，他们的训练目标就是在危险的时刻保持绝对坚定的意志。

全世界的工厂正在齐心协力地赶制一种头盔，它可以控制人脑进入完全松弛的深度休眠状态，能让潜意识得到释放的状态，并能通过系统的串联实现大规模的人脑量子纠缠。它的需求量至少是八十亿台。

尽管如此，日常生活却没什么变化，媒体还在天天曝光八卦新闻，地球依旧美丽，城市的街头依然繁华喧闹。只是菜价涨了，日常用品的价格翻了一番。政府承诺，价格很快会恢复正常。

杨智凡的妻子和一双儿女在他的强烈要求下提前开始了计划已久的环球旅行，可惜照片上永远缺少了那个不时在落地窗前伫立沉思的身影。在他们经过马德里的时候，秀夫分明看到杨智凡在落地窗前徘徊了好久，拿起终端，又放下，最后还是摇了摇头，深深地叹了口气。

秀夫把他做的模型发给了杨智凡。碎块用红色标记，几乎感觉不到它的移动。但正是这个如此缓慢的东西，成了人类最大的敌人。他望向窗外，苍穹蔚蓝，人类制造的钢铁楼宇直插云天，一股复杂的情感在心中油然而生。

人类的命运究竟会怎样？

没有人知道答案。

6

地中海周围五千公里的人们开始按照政府的命令疏散，分别被送往东亚、南美、北美或者大洋洲各处。对动物的大规模宰杀已经开始执行，每个品种的动物只允许留下极少的数量以传宗接代，并都被运往巴西利亚。

因为按照杨智凡的理论，高等动物都可以进行较强的意识干涉，所以在可以看见小行星碎块的半球内，高等动物越少越好。

偏僻村子里的人被要求迁到大城市，便于物资分配和政府管理。世界上形成了巨大的人类聚点，生产活动正在萎缩，物资存储已经接近饱和。

距离撞击三个月，酒泉卫星发射中心的硝烟缓缓散去。五百名希望之星带着人类文明最具代表性的一切——名著、歌谣、蓝图、艺术品、照片——被送入太空，朝着与碎块相反的方向远离地球。

距离撞击两个月，大部分生产和工作停止，所有人待在家中，政府开始人口普查。在莫桑比克，军队挨家挨户派发睡眠装置。五亿名来自佛教、天主教、伊斯兰教等各大宗教的僧侣和牧师被送往大洋洲，教派之间第一次放下成见，为了一个共同的目标——人类的生存祈祷。

军用飞机还载来了一批指挥人员，这其中包括杨智凡和秀夫。

距离撞击一个月，在北美、欧洲和东南亚，第一批二十亿人进入休眠连接，使用输液管供应营养。集中睡眠者的棚屋里，有少年、老人，也有抱着孩子的母亲，一切都很安详。

距离撞击十五天，在亚洲、美洲、西欧和北非，五十亿人已进入"睡眠"，政府开始实验小规模的思潮联动，物资生产基本停止。马德里空荡荡的街道上，军用卡车急驶而过，扬起一路尘埃。

距离撞击五天，南非、东南亚、拉丁美洲和东欧，最后一批十亿人带上头盔，城市一片死寂，全世界只剩下几千万名政府人员在各处工作。五亿名无须入睡的勇士在大洋洲排开阵势，为了防止视听扰乱思绪，他们也带了头盔。

撞击前夜，每座城市只留下一名工作人员控制供养程序，其他人全部入睡，没有了人类，地球变得十分宁静。电磁波信号被降到最低，互联网核心枢纽服务器相续关闭。最后一辆到达军营的卡车关闭了轰鸣的发动机。

撞击预计发生在第二天傍晚六时和七时。五百万名僧侣在大洋洲广阔的沙漠上正襟危坐，人们没有了教派的成见，为同一个目标祈祷。人类第一次如此团结、如此齐心地保护自己的家园。

已是凌晨时分，杨智凡和秀夫还没有戴上头盔。他们坐在临时搭建的棚屋外，仰望着大洋洲明净的天空。群星闪烁。

"不记得是谁说过，科学和宗教就是珠穆朗玛峰的南坡和北坡，永远针锋相对，分道扬镳，但说不定啊，二者真的会在这山顶珠联璧合。"杨智凡轻轻感慨，一年半的努力，改变了太多太多。

夜风把棚屋吹得吱呀作响。时间不紧不慢地走着，似乎对人类的豪赌不屑一顾。在宇宙中，又有什么东西值得时间驻足？两个人就这样坐着，把背贴在冰冷的铁皮上，直到东方既白。

"该入睡了，我们该上场了。"杨智凡站起来，动了动酸麻的双腿。

"杨教授……"

秀夫仰着头，双眼通红："真的能成功吗？"

"没有人知道，但我相信，决定人类命运的，始终是人类自己。"

文 / 王鉉炜 / 星际逃亡

1. 苏醒

"博士，博士，快醒醒。"李冥的眼睛慢慢睁开，看到了他最信任的助手——陈冰。"现在是什么时间？我冬眠了多久？我现在在哪儿？"

"博士，现在是公元 3000 年，您从 2020 年冬眠至今，现在在医院里，"陈冰望着李冥说道，"您冬眠一年后我也冬眠了，直到昨天被唤醒，这次我们被唤醒，是因为发生了一件重要的事情！"

李冥听了，扶着床坐了起来，说："发生了什么事？""博士，您别着急，上个月国际新闻发布会上，美国 NASA 发布说太阳内部核聚变反应正在加速，大约 400 年内将发生一次氦闪，到那时太阳将瞬间膨胀一百万倍，变成一颗红巨星，地球上将寸草不生，海洋也会全部蒸发，水星、金星、火星将全部被太阳吞噬，地表面也会有几千摄氏度的高温，要经过数百万年地球才会再次冷却，但那时地球的平均气温还不到零下二十摄氏度，太阳到那时也会变成一颗暗淡的白矮星，所以这一切将意味着太阳的归宿到了，地球的归宿也到了。而 NASA 发出消息后，各国天文学家也纷纷发射了一系列的卫星，我国也发射了近二十颗卫星，通过在拉格朗日点上不断监视太阳，最终汇成了太阳的数字化模型，但得出的结果还是和 NASA 的结论一模一样。"

陈冰接着说："现在各国公民都想逃出太阳系，而如今世界人口只有 21 世纪的七分之一，约十亿人，人数的减少也使这个想法成为可能。而我们之所以把你唤醒，是因为您以前研究过的两个项目：可控核聚变技术和曲率引擎，我国目前有三亿人口，如果可控核聚变技术和曲率引擎得到应用，造三十艘恒星级飞船完全可以将三亿人口全部带走，可是现在核聚变技术并不成熟，曲率引擎也只处于理论和数字化模型阶段，您是这方面的专家，所以我们想请您来帮忙。"

李冥听了，连忙让陈冰叫医生，而陈冰只是站在那笑了笑，然后按了一下床边的一个红色按钮，立刻就飘出了一个悬浮窗口，里面投影出一位三维电脑医生，医生对李冥说："博士，我知道您现在十分着急，中科院的研究人员专门告诉我，让您多休息几天。"李冥面露惊讶之色，听了之后说："不要，我现在就要赶回去，你能帮我叫一辆出租车吗？"医生有点犹豫，但最终还是点了点头，为他办理了出院手续，并联网找到了最近的一辆无人磁悬浮出租车。他们走出医院，上了那辆出租车，李冥说出了地址后，磁悬浮出租车内置 AI 系统立马启动，寻找到最近的一条路线。李冥默默地看着这一切，对未知的未来又增添了一点儿信心。

2. 旧友

　　磁悬浮出租车飞到了空中约十米的高度，以二倍音速——二马赫的速度飞向中科院，窗外的景象一下子就没了踪影，变成了白茫茫的一片，车内开启了全息影像，播放城市宣传影片，约十分钟后，出租车开始减速，最终停到了中科院门口，李冥和陈冰下了车。

　　这时李冥的好友薛博仁正在中科院门口迎接他。薛博仁已经满头白发，这些年来，他总会冬眠一段时间，苏醒过来后又继续进行研究，等研究结果出报告时又开始冬眠，但终究他还是老了。相比之下，李冥仍然十分年轻。他们俩见面后激动地抱在了一起，热泪盈眶。

　　几分钟后，他俩才松开手，薛博仁带着李冥进入中科院内部，去往物理研究所，李冥将在那里进行他的研究。

3. 突破

　　薛博仁告诉李冥，他冬眠后，自己和研究人员一直在研究可控核聚变，最终核聚变从原来的反应堆发电变成了直接利用核能，这样产生的热量可以充分利用，也不再产生核废料，但因为核聚变会产生很高的温度，可以达到太阳核心的温度，约一亿亿摄氏度，这是世界上已知的任何物体都装不了的，所以这也成了可控核聚变技术至今没有被完全攻克的难题之一。因为连最简单的核聚变反应堆都做不出来，更不要说直接用核聚变的能量了，但是国家却要求他们要在五十年内攻克难题，然后用剩下的约三百年时间研究曲率引擎。

李冥听了也面露愁色，他十分担心自己在死前无法完成这一目标。

一个月过去了，李冥团队的研究还是没有一丝进展，他一直在想，用什么材料的容器才能够把那么高的温度反应物装下而不被熔化呢？李冥急得竟在短短一个月内，头发就白了一半，陈冰很为他的健康担心，于是对李冥说："博士，您该休息一下了，不如我们乘磁悬浮汽车到郊外放松放松。"突然"磁悬浮"一词为李冥带来了启发，李冥一拍脑袋，懊恼地说道："哎呀，我怎么没有想到'磁悬浮'呢？可以用电磁场困住反应堆啊！"

李冥连夜写书面报告，并向上级解释，因为核威力太大，所以需要在太空中实验，上级立马回复他们，批准实验。就这样，博士带着一个五人的团队，坐着核裂变动力的小型飞船，来到了太空。

在太空中看蔚蓝色的地球，十分美丽，但李冥的团队却没有一丝心情，一来到太空就立马开始了实验。氢、氦原子在电磁场中一点也不稳定，多次发生意外，北半球的夜空中常可以看到明亮的光斑，那就是核反应在太空中爆炸的光芒。这五人团队呕心沥血，仅仅用了一年时间就取得了实验理论性的成功，可控核聚变技术在中国有了突破。

可控核聚变技术得到突破后，接下来就要考虑飞船的能源和发动机问题了。因为建造的是恒星级飞船，所以对能源的需求是巨大的，木星的液氢和液氦足够给十万艘恒星级飞船提供燃料。中科院马上向上级请示，向国际航空部要求采取木星上的液氢、液氦，并在木卫六上建造燃料储存基地。

上级批准后，中科院向国际航空部提出申请，但国际航空部却迟迟不给回答，在他们的再三要求下，国际航空部延期一年后，终于同意了。巨大的全自动基地，在木卫六上的一个陨石坑中建造，总共耗时三年零五个月。与此同时，李冥带上设计团队开始研究核聚变反应堆发动机，研究室里一幅幅三维立体设计图飘在空中，各种各样的参数在飘浮窗口中跳动，来自不同设计小组的设计图，不断在模拟软件中进行各种极端模拟，最终确定了三种发动机机型，每种发动机装配十艘恒星级飞船，每艘恒星级飞船上需装一百台超级发动机，所以需制造三种机型发动机各一千台。

在技术和设计都得到认证后，可控核聚变技术的实践开始了。木星上，无人货运飞船也在不断往返于木星与木卫六，数以百亿吨的液氢、液氦被储存在木卫六上，然后提纯，最终被浓缩成固态提纯后的氢、氦能量块，每克可以产生上百亿吨的推力，并且可以在反应堆中数十天不蜕变，蜕变后的重元素还可以再次进行核聚变，最终所有物质能量耗完，达到零排放。

4. 友逝

可控核聚变研究完成后，李冥马上带领他的团队研究曲率引擎，短短十天内，中科院内就聚集了上千位国内顶尖科学家，海外名校毕业的留学生、华侨也纷纷回国，中科院内近二分之一的实验室都开始了曲力引擎的研究。

在研究物质材料时，李冥突然想到了著名科学家爱因斯坦，因为是他在相对论中最先提出了光速的不可超越性。他想：要是爱因斯坦的相对论中提出了能够超越光速的某种物质该多好啊。

又过去了几年，实验仍没有突破性进展。这天晚上，李冥躺在床上，百思不得其解。就在这时，陈冰慌慌张张跑到李冥的门口说："博士，您睡了吗？"李冥起身穿好衣服，说："还没有，有什么事你进来说吧。"

陈冰听了，推开门，说："博士，薛博仁先生去世了，他在今天下午，因工作劳累，心脏骤停，最终抢救无效死亡，请您节哀。"

李冥内心不由得悲伤起来，几百年过去了，他失去了他的亲人，如今连他最好的朋友也离他而去了。他立刻让陈冰开了一辆磁悬浮汽车到门口，赶往薛博仁的家中，他来到薛博仁的棺木前进行祭拜。一个小时后薛博仁的棺木被四个壮实的青年抬了起来，人们跟在棺木后面，薛博仁的大儿子抱着父亲的遗像走在最前面。李冥走过去颤抖地对他说："你父亲真是一个了不起的科学家。"说完后，他悄悄坐车去了郊外。

李冥盘腿坐在郊外的地上，想到薛博仁的遗体这时正在火化，他静静地望着夜空。这里虽是郊外，但城市的灯光污染使得城市旁的近郊也看不到一颗星星，李冥望着那漆黑的一片，又想起了爱因斯坦，那位既让他崇拜，又让他有些遗憾的物理学家。"为什么他要在相对论中提出光速的不可超越性？为什么光速不能被超越，却可以被无限接近？这究竟是为什么？"他在心中默念着，突然，他想到了宇宙本身的组成，他想要是能用宇宙本身为飞船加速该有多好。

天边透出一丝光明，李冥这才发现原来自己在这儿待了这么久。

5. 飞船

李冥回到家中，立刻思索起宇宙本身来，像恒星、行星、黑洞等各种天体，总质量只占宇宙本身的 23.5%，剩下的 76.5% 是人类无从知道的物质，人类将它定义为暗物质。后来中国发射了"悟空"号飞船捕捉到了疑似暗物质的物质，研究后发现，这种物质的能量如果被利用，足以将时空弯曲，使飞船无限接近光速。这一突破让李冥十分兴奋，当晚他请中科院晚上值班的工作人员调来了资料，开始仔细研究，并试图建立数字模型。

第二天刚到五点半，他立刻和陈冰前往中科院，过了一个多小时，才陆续有人来上班。等物理学界的权威都到来后，他立刻把大家带到大会议室开始讨论，他打开全息投影，背景是一片浩瀚的宇宙，大家开始讨论设计飞船的最终模型。历经五个月后，飞船的最终设计图终于完稿，每艘飞船上有一个庞大的生态系统，可以居住约一千万人口。在这个生态系统中有大量的动植物，它们相互依存。此外，大型都市中的一切应有尽有。飞船前半段是人类的活动区域，中间是综合型生态系统，往后是冷冻区，最后是整个飞船的动力系统——能量储存室和核聚变反应堆。飞船两边是两个庞大的曲率引擎，引擎的前半段，吸收太空中的暗物质，然后将时空弯曲，后半段释放暗物质，驱动飞船，使飞船获得额外的加速度，最终以无限接近光速飞行。

李冥在完成设计图后进入了冬眠。一周后，陈冰将他的资料整理完成后也冬眠了。他们这次冬眠在飞船的冷冻区，他们的头发已经白了，李冥已经一百一十岁了，陈冰也有九十五岁了，但这才到他们生命的中年。医学的进步，使他们还可以再活一百多年。

两个技术问题得到解决后，终于可以开始建造飞船了。中国各地的金属矿产开始大量采矿制造人造合金，这种合金的强度足以承受时空弯曲的巨大压力。耗时三年零六个月，飞船终于建造好了，就停在青藏高原的钢铁发射台上。青藏高原每隔一百公里就分布着一个面积达 1 平方公里的发射台，发射台下有一个巨大的导流槽，里面装满了数百亿吨的冷却液，最终的发射日期定在了 3300 年。

在剩下的十五年里，木卫六上的能量晶体将被装进货运飞船运往中国，填入飞船内部，其他国家的飞船也进入最后的调试。

6. 重生、灭亡

在这期间，联合国规定：为防止曲率引擎对太阳力场的影响，各国飞船飞出太阳系后，必须再用核动力飞行一百天文单位再起动曲率引擎，每艘飞船要相隔一天文单位，防止扭曲的时空发生意外。具体发射时间定在 3300 年 1 月 1 日 12 时。

由于各国飞船的核发动机原理并不相同且各国掌握的技术并不统一，中国、美国等少数几个国家通过所掌握的核聚变、曲率引擎等技术建造的飞船率先抵达半人马星座，那里距地球 4.25 光年，是离地球最近的恒星系，曲率飞船要历经四年半才能到达那里。在那里，三个恒星系统中有一颗类地行星，但上面并没有生命，那里是人类的目的地，以当前人类的技术可以在那里制造大气。这几艘最先到那里的飞船上的人将是第一批登陆者，人们将在那里建造新的家园。那些利用核裂变技术建造的飞船，飞行速度只能达到光速的千分之五，要经过一千年才能到达半人马星座。那些掌握核聚变技术没有掌握曲率引擎技术的国家的飞船，其飞行速度也只能达到光速的百分之五，也要飞行一百年才能到达，在这一千年或一百年里，飞船上的人们都只能冷藏起来。

12 时到了，五分之一核聚变发动机被起动，飞船升起，冷却池里上百亿吨的冷却液被瞬间汽化，飞船以第二宇宙速度冲出地球大气层，来到了太空中，剩余五分之一的发动机起动，上百公里的等离子火焰对着地球。掌握核聚变技术的国家的飞船正以第三宇宙速度冲出太阳系，加速度也达到了第一宇宙速度，不到一天，速度达到光速的百分之三，并用这个速度滑行。一个月天后将到达木星，在木星强大的引力下再次加速，两个月后到达柯伊伯带，半年后飞出太阳系。应用曲率引擎技术的飞船飞离太阳系一百天文单位后，起动了曲率引擎，其他国家只能使用相对落后的核裂变反应或核聚变反应的发动机驱动。

由于曲率引擎是弯曲时空从而飞行的，所以即使过去四年，人们来到半人马星座也只感觉才过去了几周一样。来到半人马星座中的这颗类地行星，大家被震撼了，只见三颗太阳在空中依次升起，人们在行星上建立了大气层，并人为将这颗行星的自转速度调到与地球一样，在那里建立了新的家园 。在这里，他们建立了新的天文望远镜，并将其对准了地球。几十年过去了，氦闪终于爆发，地球上的一切灰飞烟灭，太阳系灭亡了……

文 / 砹铟锶钽 / **约会大作战**

1

"舰长！敌方舰队还有三十秒到达小行星带！" "亥伯龙"号上的舰载 AI 提示道。

"碾碎他们！"舰长李睿一字一顿地说道，他左手一挥，就呼叫出了虚拟控制台。舰长室的 3D 沙盘也把双方舰队的位置展现了出来，李睿用手轻轻一点，一队"黄蜂 -MK6"无人机就喷射着尾焰扑向了敌军，李睿感觉自己胜算很大。

"让你们见识一下元素联邦的厉害！"李睿嘴角微微一翘。

"黄蜂骑脸！不可能输的！黄蜂骑脸！"

黄蜂 -MK6 机群在小行星带中灵巧地穿梭着，向着敌方舰队发起暴风骤雨般猛烈的攻击，激光和爆炸的火光把小行星带映得通红。这一波攻势把敌方的舰队撕开了一个口子，李睿趁机调准"亥伯龙"号旗舰的重子炮，准备一发歼灭敌方母舰结束这场毫无悬念的战斗。

然而战局瞬息万变，一小队潜伏在李睿"亥伯龙"旁的"渗透者"

战机突然关闭了暗物质迷彩，所有炮口对准了"亥伯龙"并开始充能。李睿发现自己中计了，他手忙脚乱地想要召回黄蜂 -MK6 为自己护航。就在这一瞬间，他看到黄蜂机群突然静止了，射出的光束也如同被冻结了一般，变成一根闪亮的光柱停滞在太空中。难道是对方舰队搭载了传说级别的"滞时武器"？这时李睿的舰长室灯光变暗，一个循环滚动的圆环出现在他的面前，随后又是一行字：

"您与服务器断开连接！"

李睿破口大骂，他坐起身来摘掉了 VR 面罩，却看到自己的老妈正拿着路由器的网线瞪着李睿。

"大周末的，不干点正经事，就知道玩游戏！"老妈紧皱着眉头，心里装着十好几个不满意。

"妈！我都多大了您还管我这个！"李睿也皱着眉头看着自己的老妈，他现在只希望她老妈赶紧把网线接回去，好让自己火速返回战场扭转局面。

"对啊！你都多大了，还玩游戏！"老妈反驳道，似乎这句话比李睿那句更有说服力。

"妈！我平时工作够累的了，周末了就让我休息休息吧！"

"那你也别玩游戏！干点正经事！"

"妈！我打完这局就帮您扫地！"

"扫地机器人已经扫过了。"

"妈！我打完这局就帮您洗衣服！"

"你上个月买的洗烘叠一体机比你好用多了！"

"妈！我打完这局就帮你做饭！"

"你爸买的智能厨师机比我做的都好吃，还根据我们家的口味自己下载了川菜食谱。"

"妈！您的意思是我还不如机器呗！"

"机器多好啊，听话懂事，还不用我操心。谁跟你似的，啥事都让妈操心！"

"妈！那你要我干吗啊！"

李睿的妈妈突然舒展开眉头，说道："妈这周末给你报名相亲了，打完这局你就跟妈……"

"我不去！我不出门！"

"听话！乖！你看看你小学同学，就隔壁小区的张博远，他妈都抱一个孙子一个孙女了，你看看你到现在连个女朋友都没有。"

"妈，我……我……"

"妈知道你有社交恐惧症，但你不能每次都用这个理由搪塞过去啊！你要努力克服，要不然你一辈子打光棍可怎么办啊？"

"妈！我才多大啊！我还小！我才三十二！以后有的是机会！"

"刚才你还说自己长大了呢。"

"妈，我有这个！"

李睿说着，唤醒了一旁书桌上的显示器，在游戏平台软件上翻了几下。

"您看！《VR女友》这个是教玩家如何恋爱的，我只要……"

"你省省吧！你要跟电脑生孩子吗？！"李睿的妈妈说着一把抓过李睿的VR头盔扔在了床上。

听到了争吵的声音，父亲从客厅走向了李睿的卧室。

"爸！你看这……这……"李睿面带难色地看着自己的爸爸，他希望父亲可以站在他这一边。

"儿子啊，你妈说得对！你该找个对象了，我在你这个年纪，已经有你了，你知道不知道？"

"爸！"

父命如山，李睿失去了最后一根救命稻草。他感到眼前一片昏暗，这感觉胜过了游戏掉线的压抑。

李睿从小就是个不善于与人交际的人，内向，腼腆，实打实的老实人，在学校没少挨同学欺负。后来VR学习机进入学校，学生们通过VR装置与AI交流来学习知识，人与人之间的直接交流越来越少。大学期间李睿在一次强制性的演讲中忘了词，出了丑，被台下的人笑话，就连他暗恋的班花孙晓雅也忍俊不禁。这一系列的事情压在李睿身上，使他变成了严重的社交恐惧症患者。除了家人，他几乎不与任何陌生人说话。

"乖，听话，一会儿洗个澡穿上你最贵的衣服，跟妈出去。"

李睿的妈妈赢得了相亲大作战的首场战役的胜利，对李睿发号施令。

"啊，对了，是让你穿最贵的正常人衣服！别穿你那个 Baby 2046 年花嫁，上次你哥结婚已经被你吓到过一次了，这次你别再出洋相了！"

此时的李睿只想吐槽四个字：亲！妈！无！误！

2

"定位定哪儿啊？"坐在驾驶位的李睿问他的妈妈。

"定位就定'搞机世界'吧。"

"啥？"李睿吃惊地看着自己的老妈，他不敢相信这话居然是她妈说出来的。

"搞事情的搞，机器人的机，搞机世界，你手动输入一下吧。"

李睿一头雾水地把地址输进去，他不知道老妈葫芦里究竟卖的是什么药。

地图上出现了"搞机世界"的定位，李睿按下按钮，车就沿着路线自动驾驶起来，很快就到了目的地并自动停在了停车位。

李睿和母亲下车，看到这是一个类似 4S 店的建筑，通过玻璃窗可以看到里面不是在展示汽车，而是一群穿着奇装异服的人正在里面跳广场舞。李睿这下彻底看懵了，妈妈则径直拉着李睿进去了。

柜台前，妈妈在和服务员交流着，李睿则拿着一张搞机世界的广告在自顾自地看着，努力不让自己与那个年轻漂亮的女服务员发生目光交流。

"您好，我在网上预约过了。"李睿的妈妈说道。

"刘女士是吧？"服务员操作着屏幕，又转向李睿说，"这位就是李睿先生了？"

李睿听到服务员在叫他的名字，不由得一激灵，即使一个字也没看进去，但他也不作声，依旧盯着广告页。

"叫你呢！"李睿妈用胳膊肘顶了李睿一下。李睿这才结结巴巴地说起话来。

"我……我叫……我叫李睿……三十二……岁……毕业……毕业……毕业……国立科……科技……大学……认识……认识……非常高兴……认识你……你……嗝……"李睿瞬间涨红了脸。他已经很久没有和陌生人说话了，更何况是个陌生的美丽的女人。他强忍住自己不要出丑，却还是因为过度紧张而打了一个嗝，这使他几近崩溃。如果现在是在游戏里的话，他恨不得自己把网线拔掉逃之夭夭。

"噗……"服务员有点忍俊不禁，"李先生您好，我不是您的相亲对象，我只是个服务员。我想要问您一些事情。好为您定制机器人伴侣。"

"什……什么？机……机器人伴侣？"李睿有点不太敢相信自己的耳朵。

"您刚刚应该也在宣传页上看到了，我们公司会根据顾客的偏好为顾客定制伴侣机器人，特别适合于对社交活动有厌恶情绪的顾客。"

李睿听完之后又重新认真看了一遍宣传页，才看到搞机世界会按照顾客的需求定制伴侣机器人，定制的内容包括身高、身材、肤色、面容、发色、瞳色，甚至还能定制性格。

"因为伴侣是机器人，所以对于厌恶与人社交的人来说，交流起来更加方便一些。"服务员说道，"我们这项业务已经开展了五年多了，为许多客户提供了满意的服务。根据刘女士提供的资料来看，您非常适合进行伴侣定制。"

"可……可……可我……"李睿瞥了一眼跳广场舞的那群人。舞蹈结束，台上的二十多个人定格在了最后一个动作上。只有一个穿着运动服的领舞者向观众深鞠一躬，观众的掌声响了起来。

"您玩过《VR 女友》系列游戏吧？"服务员说道。

"你……你怎么知……知道的？"

"您的母亲预约时提交了一些关于您的资料，其中包括您的游戏偏好。我们公司与《VR 女友》的开发商有密切的合作，已经得到了授权，我们的机器人会通过您的游戏习惯来进行一些调整。"

李睿内心千万匹羊驼奔腾而过，他回想起了自己在《VR 女友》中那些"令人窒息的操作"，没想到居然还会被别人看到，他此时觉得"拔网线"已经无法拯救自己了，现在只能"砸电脑"了。

"您其实可以把机器伴侣当作玩游戏，就当作 VR 游戏实体化。您放心，公司会为您的游戏行为保密的，所以……"

"别说了！买！"李睿突然坚定了他的决心，这一骤变的行为也让一边的李睿妈感到吃惊。李睿此时此刻已经抱着必死的决心，一方面是他已经被服务员说得有点动心了，想要尝试和"二次元世界"的女友在真实的世界一起生活。另一方面他觉得自己的"隐私"已经被这家店掌握，如果这家店赚不到这一笔钱，肯定会用这些隐私去赚"另一笔钱"。与其等死不如送死……

"确定吗？"服务员问道。

"确定了！"李睿答道。

"那么就请到这边来。"服务员指引着李睿来到一个小隔间里。她让李睿坐在躺椅上，并为他带上了 VR 头盔。"请在 VR 模式里对您的伴侣进行设计。祝您愉快。"

李睿进入了 VR 空间，他本想着要以《VR 女友》为蓝本设计自己的女友。但是他想到了如果带着长了猫耳朵和狐狸尾巴的女友出门……这似乎太过招摇了，肯定会被路人视为变态的！正所谓"公开处刑最为致命"。于是李睿决定换一个方案。

他回想起了大学的班花孙晓雅，李睿一直暗恋的女生。在大学四年间，他们的交集其实也很少。除了在同一个班里上课之外，似乎也没有其他的接触了。毕业前夕李睿还曾经写过一首情诗，反反复复修改了很多次，却始终没有把诗交给孙晓雅。这首情诗被李睿撕得粉碎，又视如珍宝地夹在了纪念册里。现在已经毕业十年了，也还从来没有跟她联系过。

　　VR 系统感应到了李睿的思维，周围的场景立即变成了国立科技大学，而他记忆中的孙晓雅正站在不远处的紫藤萝架下。这场景与李睿毕业那天的场景像极了，孙晓雅穿着校服也一步步走了过来。李睿的小心脏扑通扑通地跳着，他本能地往后撤了两步，却又想到了什么，站了回来。这时候孙晓雅的影像已经站到了他的面前。李睿想了想，如果孙晓雅的长发染成金色也许会更好看？就在这一瞬间，孙晓雅的头发从头顶开始往下逐渐变成金色，犹如瀑布一般。正如李睿心中想的一样，李睿又希望孙晓雅能再长高一些……一切都按照李睿的想法变化着，之后李睿又对身材进行了细致的设计……

　　大约半小时后，李睿感觉到了欣慰和一点儿疲劳，这就是他心目中完美女神的样子。他在 VR 空间中呼叫出控制台，按下两次确认按钮。一个循环滚动的圆环出现在了他的面前，随后他从 VR 空间中脱离出来。李睿摘掉头盔，从躺椅上站了起来。这时他看到小隔间地板开始震动，地板上打开了一个洞，从洞的下面缓慢升上来一个卵圆形球体，球体上半部分是透明的罩子，下面是不透明的底座。李睿刚设计好的"女神"穿着一袭长裙，站在球体的正当中。球体升到了与地板齐平的高度之后罩子打开了，"女神"从中款款而出。

　　"你好哇，李睿。"女神居然先向李睿打了招呼，弄得李睿有点措手不及。

　　"你……你好……" 李睿从未在现实生活中见到如此真实的机器人，若不是因为之前做好了心理准备，此时此刻的他肯定又要犯社交恐惧症了。

"初次见面，请多关照。"机器人微微提起裙角，行了一个屈膝礼。"你可以叫我芽美，接下来的三个月中，我们将要生活在一起。"

此时服务员走了过来，对李睿说"您的母亲已经办完手续交过钱了，您有三个月的试用期，请谨记。按规定，试用期机器伴侣每天6点到24点可自由行动，24点到6点需要返回这里进行维护。明天你们就可以开始约会了！"

3

回到家的李睿，内心却还没有平复下来。他立刻坐在电脑前，搜索着"拥有一个机械伴侣是一种怎样的体验？""如何与机器人约会？"之类的问题，之后便是搜索"第一次约会，男方应该如何穿着搭配""不太会聊天的人应该怎么约会"。死宅加上社交恐惧的李睿居然开始学习如何与女生约会了！

第一次约会被李睿定在了一个大型的商场里，这里设施齐全，可以选择的活动很多。

早上10点，李睿准时到达了约定的地点，没想到芽美早早地就等在那里了。

"来……来得好早啊……"

"根据女生的习惯来说，男生比约定时间早来15分钟会给人以可靠的感觉。"

"我……我下次注意……"李睿结巴地说道，虽然他知道面前的这个人是机器人，但他还是止不住地结巴。

"咬紧牙，再把舌头抵住上腭。"芽美说着，两只手拉起了李睿的双手。李睿按照她所说的做了。"说：八百标兵奔北坡。"

"八标标兵兵北坡……嗝……八百百兵……嗝……"

芽美噗地笑了出来，李睿却低下了头，芽美双手捧起了李睿的脸说："多练习，慢慢来。"

"我……我尽量！"

"那就约定好，下次见面你要大声说出'我爱你！'哦！不许打磕巴！"

说着，芽美侧过身来挽着李睿的胳膊，虽然明知这个芽美是个机器人，但是作为一个娘胎处男，李睿灼热的面颊让他不照镜子都知道自己在脸红。被芽美挽住的胳膊让他感觉路都走不好了，他张望着四周，怕自己奇怪的样子会让他成为路人围观的小丑。

"深呼吸，放轻松，只要正常往前走就好了，没有人会在意一个素不相识的人的。"

在芽美的教导下，李睿渐渐平复了内心，随后按照计划，他们一起看了电影。看电影的时候不能说话，相处起来轻松一些。电影院里播放的电影是《速度与激情16》，芽美全程目不转睛地看着电影，左手拉着李睿的右手，偶尔摩挲一下。在演到搞笑镜头的时候还会发出银铃般的笑声，再与李睿小声耳语一下。然而李睿却无心观影，他回想起了大学期间的班级活动，有人买来了正版《速度与激情12》的蓝光碟，在班级活动室放映，生活委员还准备了饮料和小吃，全班人基本都来了，班里的几对儿情侣还腻歪地坐在一起。全班人有吃有喝、有说有笑地看完了电影，而李睿却什么也没看进去，因为孙晓雅就坐在李睿的前座……

……

"愉快的第一次约会，是吧？"

"是……是啊……"

"今天的计划就是这些吧，我对你的初次表现基本满意。希望你下次举止更得体一些！"

随后李睿开车把芽美送回了搞机世界。

工作日期间，李睿还在做一份稳定的程序员工作。他会通过聊天软件与芽美进行一些简单的交谈。除去周一到周五的工作日，每个周末李睿都会和芽美约会。

这个周末，李睿约了芽美去游乐场玩，一切都按照他的计划进行。芽美的举动完全就是一个人类女朋友的样子，只不过从过山车下来之后需要静坐三十秒进行陀螺校准，否则走起路来会东倒西歪……

"上次答应我的事情你还记得吗？"芽美一手牵着李睿，一手拿着李睿给她买的气球走在百花步道上。

"嗯？我想想……"李睿努力回想，他只记得看电影那天芽美双手托着他的脸，教他怎么说话能不结巴。

　　"说好的这次要说'我爱你'呢？"说完芽美站住了，小嘴噘得老高，完全就是一个准备要发小脾气的可爱女生模样。

　　"啊……那么……我……"李睿又变得结巴了，他尝试着让自己对机器人说出这三个字，但是脑海中却回想起了大学期间一次班级出游活动，当时来的也正是这个游乐场。全班同学都去排过山车的队，只有胆小的李睿和孙晓雅坐在边上的长椅上。当时李睿内心小鹿乱撞，想要和孙晓雅说话却开不了口，话到了嘴边又咽了回去。等到班里的同学从过山车上下来，孙晓雅和人群一起走向下一个景点之后，李睿才对着孙晓雅的背影嗫嚅了一句："孙晓雅，我爱你。"

　　"不用勉强啦，我知道你还没有准备好。"芽美说着，眉开眼笑，"等你准备好了再说吧。"

　　……

　　李睿和芽美约会了很多次，他的社交恐惧症有了明显改善，从一个说话磕磕巴巴的傻小子慢慢变得举止大方、言行得体。然而李睿总也无法对芽美说出"我爱你"这三个字，也许并不是因为她是机器，只是因为她不是"她"。李睿翻箱倒柜找到了当年的毕业纪念册，回忆与思念一点点涌现出来……

　　……

　　这一次，李睿约会芽美一起去国立科技大学，回到了那个让他魂牵梦萦的地方。李睿把芽美拉到了学校的紫藤萝架下，这个场景就好像是三个月前设计芽美的那个虚拟场景一样。他从怀中拿出了一张用胶条粘起来的纸。对芽美念道：

如果你是紫霞我想当孙悟空

晨光拂晓下如梦初醒

没有风趣没有优雅

我只愿

把我的一切爱

献给你

只愿在太阳爬上来的时候

如同怀抱全世界一样

抱着你

李睿极富感情地把这首当年写的情诗读完了，没有一个字结巴。

"这诗写得虽然蹩脚，倒是可以听出浓浓的爱意呢。"芽美说道，"但是，你不是写给我的吧。这诗里藏了另一个人的名字呢。"

"对不起，我想我们还是分手吧。"李睿看着一旁的紫藤，不敢直视芽美。

"根据协议，如果甲方单方面提出分手请求，我是必须接受的。你确定？"

"是的。"

"根据协议，我还可以提最后一个要求。我想要和你再约会一次，

259

完成此次要求之后我自然会回到店里，你只需要去办一些手续就可以了。"

"你会被处理掉吗？"李睿有点担心地问道。

"放心吧，我的机体会被回收利用的，我的人格会被《VR女友》公司做成你的专属补丁包的，你花钱去下载就是了。"

"谢谢……"李睿差点哭了出来。

"不客气，人类，这是我所应该做的。"芽美对着李睿标志性地微微一笑。

4

按照约定，今天是李睿和芽美的最后一次约会。这两个多月以来，李睿也逐渐明白了自己想要的是什么。接下来他要和自己曾经的好友联系起来。不为别的，他只想要把虚度的几年找回来。

"请问现在点菜吗？"一位面容姣好的女服务员走到李睿的桌旁。

"还有一个人没到呢，稍等。"

"好的。"女服务员鞠了一躬。

"谢谢。"李睿说道。他的社交恐惧症已经消失得无影无踪了。

李睿看了眼手表，他提前了十五分钟，芽美的计时系统是全球同步的，她之前都会早到，今天却已经迟到了十分钟了。

李睿看向门口，一个身穿黑色礼服裙、脚踩高跟鞋的女士走了进来。她有着黑色长发，比芽美略矮，稍显平凡的身材。李睿看着这个人呆住了。

"李睿，好久不见。"孙晓雅说道。

"嗯……嗯……好久不见。"李睿故作镇定地说，他生怕自己的社交恐惧症再次发作。

"其实早就想约你了，"孙晓雅说道，"就是你给芽美展示情诗那天。"

"啊？你怎知道芽美？"李睿有些吃惊地说。

"啊，是我的前任，机械伴侣阿瑞告诉我的，也是在搞机世界定制的。"

"哦……哈哈……原来是这样……"

李睿和孙晓雅在烛光晚餐中叙旧，就如同一对交往多年的情侣一样。

然而就在这时，李睿感到一丝异样，桌上原本跳动的烛光变得静止不动，房间的灯光变暗了，一个循环滚动的圆环出现在他面前，一种不祥而又熟悉的感觉扑面而来，恶寒爬上了李睿的脊背，随后又显示出一行字：

"您与服务器断开连接！"

李睿破口大骂，他坐起身来摘掉了 VR 面罩，却看到自己的老妈正拿路由器的网线瞪着他……

科幻锐创意征文由以下各群群主及部分管理员联合发起，排名不分先后，特此致谢！

科幻小说：630582320

科幻写作：193649351

科幻部落交流反馈：583778389

ERD·遥远的家：99816742

地球三体组织：278065068

三体世界：253673799

科幻探索中心：534153692

科幻爱好者：16812541

新书推荐

《莽荒诡境》：通向未知文明的探险之旅

一部比《鬼吹灯》《盗墓笔记》《藏地密码》更有内涵，比《三体》更接地气的旷世奇书！

有科学家曾提出一个设想：如果人类突然消失，地球会变成什么样？能够想象到的是，几天之内，大多数地方的电力将中断；因水泵不再运转，地铁、地下公路等地下世界会成为水世界；几个星期后，大多数人类豢养的家畜与宠物死亡；几个月后，大多数的核电站将发生爆炸；几年以后，水和野草将从根基上腐蚀掉整个城市；100年后，绝大部分与人类文明有关的记录——书籍、相片、电子数据将消失；300年之后，绝大多数的建筑坍塌；几万年之后，金字塔、长城、美国总统山等最后的人类建筑垮塌；1500万年之后，玻璃和塑料将是人类存在过的最后证据；3亿年之后，人类所有痕迹已被清扫一空。

3亿年，足以毁灭证明人类存在过的所有的痕迹，乃至后世根本无法意识到曾经有过一个叫作人类的文明存在——地球已经有46亿年的历史。在这46亿年中，究竟发生过一些怎样的故事？我们这些如今正处在食物链顶端的双足直立动物，是否就是地球上唯一的不可替代的高级文明？抑或说：地球上曾存在过N世文明，在我们之前，既可能出现过人类前世文明，也可能有外星文明曾经光临地球并在地球上长期繁衍生息？

千百年来，人们一直试图通过各种手段寻找其他文明曾经在地球上生存过的证据。比如1948年前后，便有一支身份复杂、神秘的队伍，曾涉足湖北神农架3000多平方公里苍茫而又危机四伏的无人区。这支队伍中有国民政府暗中安插的军统、中统骨干，有投降后仍野心不死潜伏下来的日本特高课精英，有美国中情局内线，地下党，江湖巨匪以及真正的科考探险工作者……因为此次行动属于最高机密，所以在开始的时候，参与其中的各色人等少有人知道此行的真实目的——他们中的绝大多数人，最初以为是去寻找一处深埋地下的黄金宝藏……

但随着行动进一步深入，这些人却逐渐意识到此行的目的决非寻宝那么简单，特别是当一条贯穿古今中外、地球文明兴衰历史的线索链渐次显现、露出其狰狞诡秘的一面时，所有参与其中的人都被震撼得目瞪口呆。这条线索链，就是北纬30°线！

北纬30°线是一条横贯四大文明古国的神秘纬线。在这个纬度上，不但孕育出古埃及、古巴比伦、古印度和古中国这样的四大文明古国，同时它还是埃及尼罗河、中东幼发拉底河、美国密西西比河、印度恒河、中国长江的发源地或入海口。另外，世界第一高峰珠穆朗玛峰、世界最深海沟马里亚纳海沟、世界最大沙漠撒哈拉沙漠都出现在这条线上。而更让人动容的是，古玛雅文明、远逝的三星堆文化、埃及金字塔、让人谈之色变的百慕大三角以及千百年来以秘传佛教著称的西藏和异闻横飞的神农架，也都位于这条不断创造出神奇与毁灭的纬线上。

因此，若将北纬30°视作一条灵动诡异的丝线，那么这条丝线所串起的简直就是一部地球文明的兴衰史。而处于这条线上的神农架，极有可能隐藏着一个贯穿地球文明兴衰史的神秘触点。只要找到并将这个触点成功激活，进而产生连锁反应，那么千秋万代以来萦绕在人们心中的一个个重大谜团也许就会找到答案。比如：

古埃及、古印度、古巴比伦文明以及玛雅文明为何会突然中断并最终消亡？究竟是一种怎样的力量让它们突然从鼎盛急坠直下，瞬息化为历史尘烟？

大西洲——亚特兰蒂斯大陆因何陆沉海底，当年曾经生活在那里的原住民是否有人生还并留下后裔？若留下了，他们的子孙如今又去了哪里？

古埃及金字塔、古巴比伦的空中花园、巴别通天塔等究竟是由上古高等文明还是由地外文明一手建造？他们的目的是为了获得永生，还是为了向地外文明发出联络信号？

吞没了不计其数飞机、轮船的百慕大三角区以及曾在二战中让美国空军折损近500架飞机的中国川藏航线究竟隐藏着何种惊天秘闻？这一切属于特殊地质引发的灾难还是"人为"造成？

此外，还有人类不同族群关于厄难的种种描述与传说，以及本不该发生在几千年乃至上千万年前的核爆场面，如此等等，既扑朔迷离，又让人产生无限遐想……

浩瀚信息，海量谜疑。这是一部比《鬼吹灯》《盗墓笔记》《藏地密码》更有内涵，比《三体》更接地气的旷世奇书！

为促进中国本土科幻文学更好发展，《虫》MOOK
系列图书面向全球华语科幻作者、书迷广泛征集科幻短
篇、中篇、长篇原创作品。

我们郑重承诺，对于来稿每稿必复。

投稿邮箱：bfwhzf@163.com
科幻作者、读者交流群：QQ 群 1：16812541

QQ 群 2：28184811

扫一扫走进科幻，关注《虫》MOOK 更多资讯。